U0579286

眉山城东蟆颐山脚有一小阜，兀立玻璃江畔，宋时，邑宰胡文靖曾建有共饮亭。南宋嘉定七年（1214），知州魏了翁拓筑为“江乡馆”，成为眉山南来北往宾客的水驿。久之，“江乡”之名大噪，渐为眉山之别称雅号。宋张伯虞撰眉山志，直接名《江乡志》。明代眉州知州许仁命名的“眉州八景”，其中一景即为“江乡夜月”。

江乡者，人文荟萃之诗意水乡也。

——作者记

江鄉書

刘川眉 著

北方文艺出版社
·哈尔滨·

图书在版编目（CIP）数据

江乡书 / 刘川眉著 . -- 哈尔滨 : 北方文艺出版社，2025. 6. -- ISBN 978-7-5317-6664-3

Ⅰ . I267

中国国家版本馆 CIP 数据核字第 2025Q7N262 号

江乡书

JIANGXIANGSHU

作　　者 / 刘川眉
责任编辑 / 富翔强
封面设计 / 申　炜
装帧设计 / 圣立文化

出版发行 / 北方文艺出版社
发行电话 / （0451）86825533
地　　址 / 哈尔滨市南岗区宣庆小区 1 号楼
邮　　编 / 150008
经　　销 / 新华书店
网　　址 / www.bfwy.com

印　　刷 / 四川金邦印务有限公司
字　　数 / 148 千
版　　次 / 2025 年 6 月第 1 版
开　　本 / 710mm×1000mm　1/16
印　　张 / 13.75
印　　次 / 2025 年 6 月第 1 次印刷

书　　号 / ISBN 978-7-5317-6664-3
定　　价 / 68.00 元

序

20世纪70年代的眉山城，活跃着各种各样的传奇人物，川眉兄笔下的山志忠、张志强、潘庆宏等，以及彭宗林老师、周华君老师、赵汉儒前辈，一个个从字里行间跳出来，还有未写的田大爷、叶权老师，还有徐康老师、肖心如厂长、田志林、张洪、张兵、徐文钦、吴耀文、李幼民、李四林、赵炳乐、罗丰富、刘茂林、山碧忠……都是让我感到温暖的名字。

山碧忠踩水能踩到齐腰，活脱脱的小石堰浪里白条。山志忠是武林高手，我亲眼见过他在工农兵球场与人交手，那招式快如闪电，那劲道雷霆万钧，直叫我佩服得紧；张志强打败有江湖名气的成都知青，为下西街争了一口气。苏东坡也属于下西街，他小时候，调皮捣蛋不如我们，差得远。眉山城穿城三里三，围城九里九，九街十八巷，几百条小巷，池塘、麦田、油菜田数不清，这里的十万少年儿童，一个个朝气蓬勃。

生活方式的自主乃是人间最大的自由，今之西方青少年，哪能跟我们当年比。

大物质笼罩着我们的生活，空气、阳光、水、树、草、鸟、星星、月亮、太阳、晨光暮色、朝霞、晚霞……都是今天不可想象的。每一条大河小河都干干净净。嘀，远也远也，俱往矣。有一年夏天，我到尚义公社哥哥的知青点玩，徐文钦练书法，罗丰富拉小提琴，吴耀文写诗，哥哥在尚义镇的河边茶馆单手插衣兜，大谈莎士比亚。凡此种种皆为寻常。半夜，我跟着兄长们，走田间踩白小道（文钦兄教我的词）去小溪洗夜澡，我被天幕上密密麻麻的星星吓住了，银河清晰得像岷江，织女星、牛郎星仿佛可以抓到手上。我是个天上都是脚板印的下西街“费头子”，竟然被星星吓跑了，这体验，妙不可言。20世纪70年代，我们抬眼就是峨眉仙山、瓦屋道山。小学生、中学生，每天玩七八个小时，寒暑假每日疯玩十几个小时，个个都是夜不收，天天玩到黑摸门，不花爸爸妈妈一分钱，兴奋得简直像神仙的儿子。

从来只说一棵草，不说热爱大自然。草木虫鱼鸟，永远在手边。爱这个世界啊，爱得多么扎实。人与大自然好得很呢！

男孩子打架打成了“梁山好汉”，打出了雄性荷尔蒙。

我本人是练过三年武功的，闻鸡起舞，模仿田志强、田志林、山志忠、小老表……

田大爷讲三国、话西游，崇拜岳飞、杨七郎，李幼民兄讲外国小说，“利灯上将”“美四号”“捉不住”，我们听得如痴如醉，一个晚上又一个晚上，忙着端茶、扇扇、点蚊香。李幼民、张洪、张兵打篮球。我哥哥的书法飞龙舞凤，三个人到县文化馆拿报纸练毛笔字，我和文钦兄去拿，川眉哥哥负责望风。我哥哥写诗入神，不断地揪自己的头发；我哥哥读李瑛、梁上泉的诗；我哥哥带头唱歌，连比带画：“荷把锄头在肩上……”

他念了大学，写信叮嘱我要学习工人阶级。他好像写了一麻袋信。

哦，罗丰富写长信，指点我读托尔斯泰的小说。徐文钦的读书笔记小而满，几大本。

潘庆宏的故事三天三夜讲不完，他是眉山城里的青年操哥、中年操哥，现在更是操哥，精气神十足，看上去三十来岁，吃穿玩，帅得叫人目瞪口呆，书中有详写，本文带过也。赵汉儒老师的儿子赵井云，疯玩眉山城堪比潘庆宏。

市井人物千百年面目鲜明，板眼儿多，灵气十足，人上一百形形色色。

刘小川

2025年元旦于眉山之忘言斋

（刘小川，眉山市作家协会主席，中国传记文学领军作家）

目录

CONTENTS

第一辑　江乡故事

第二辑 江乡斯文

附　录

第一辑

江乡故事

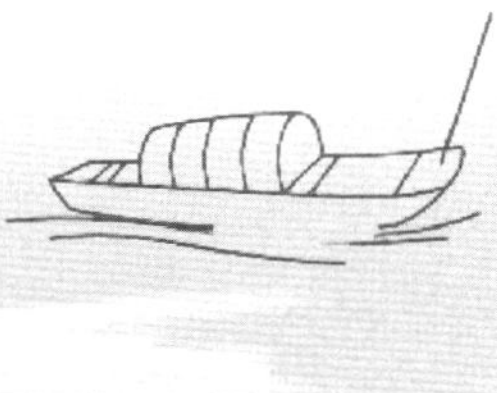

眉州城池变迁记

2019年12月，在距眉山城西北十一公里的东坡区多悦镇滴水村，考古人员发现一处旧石器时代遗址——坛罐山遗址。考古专家称，坛罐山遗址是在成都平原发现的首个旧石器时代遗址，距今超二十万年。也就是说，在眉山这块地域，二十万年前就有了人类活动。

2021年1月，省、市考古专家又有惊人发现，在眉山东坡区松江镇登云村五组，出土一座史前城址，距今不早于四千八百年，名曰登云古城遗址。据考古人员确定，登云古城城墙外有环壕，城内至少有一条河流，城墙内面积约二十四万平方米，合三百六十亩，是成都平原目前发现的第九座宝墩文化城址。

登云古城也许是眉山境内的第一座城池。

据民国版《眉山县志》记载，东汉时期，距今一千八百多年，在今天眉山城东北三里，又一座城市应运而生，人称“洛城”。这是一座令人玄想的城市，早已被岁月的泥沙封存。

过了两百多年，到了晋代，在今眉山城东面，又崛起一座

“裴城”。这是一座有传奇色彩的城池。相传，这座城池是由一个姓裴的男人一人筑造的。他筑城似有神灵相助，只用了一个晚上便大功告成。裴城有多大？城墙有多高？又是何时消失的？没人知道，史志和传说都毫无蛛丝马迹可寻。

萧齐建武三年（496），距今一千五百多年，在今天眉山东坡区太和镇境内一个叫龙安铺（今太和镇龙石村）的地方，又出现了一座名叫“齐通左郡”的城池。这座城池，距离今天眉山老城仅十公里。

过了六年，郡下始置齐通县。近半个世纪后，到梁武帝太清二年（548），齐通城以其蜀西南要冲的战略位置擢级升位，成为州治所在。因青衣江穿州境而过，命名青州。于是，州、郡、县共在一城，成为方圆数百里政治、经济和文化中心。西魏废帝二年（553），改青州为眉州（因峨眉山而得名），辖齐通、青城两郡，州治仍在齐通县城。北周明帝二年（558），撤销齐通郡，新置安乐县，治所迁到了今天眉山城的位置。

齐通郡城实际只存在了六十二年，为什么要搬迁？估计是与岷江水患有关，因为现在眉山老城的地势明显较高。

在这以后的400年间，这座城池历经更名之苦，先后叫安乐、嘉州、通义、广通等，直到北宋太平兴国元年（976），才改定县名为眉山，为眉州所辖。如苏东坡所说，“眉州眉山共一城”。

那么，眉州城的城池又是何时筑就的呢？

据清嘉庆版《眉州属志》记载：“城本唐时故址，五代时山行章摄守眉州，合五县之力成之。”

山行章，河南武陟人，自称乃西晋“竹林七贤”之一的山

涛之后。唐僖宗光启年间（885—888），山行章做眉州刺史，见眉州城无防御外城，便调集当时眉州所属眉山、彭山、丹棱、青神、南安（今夹江）五县的财力、物力和人力，修筑了一道四围有八里多长的外城。城外有壕沟，城墙上建有箭垛、箭孔、瞭望台等，以作军事防御之用。

北宋淳化年间（990—994），青神县民李顺率起义军攻打眉州城，竟半年不下，眉州城因此被人誉为“卧牛城”，意思是固若金汤，易守难攻。

眉州城还有一个雅号叫“芙蓉城”。这里的芙蓉是指水芙蓉，即荷花，不是木芙蓉。当时，眉州城里多水渠池塘，居民普遍喜欢种植荷花。一到夏天，满城荷花开放，清香四溢，花光荷影，诗意盎然。宋孝宗淳熙四年（1177）六月，四川制置使、诗人范成大，从水路返回京城临安途中，途经眉州。他在《吴船录》一书中，记录了他第一次进入眉州城的观感：“城中荷花特盛，处处有池塘。他郡种荷者皆买种于眉。遍城悉是石街，最为雅洁……”他还在《次韵陆务观编修新津遇雨不得登修觉山径过眉州》一诗中写道：“雨后蟆颐山色开，玻璃江清已可杯。绿荷红芰香四合，又入芙蓉城里来。”

岁月流转，又过了五百多年，眉州城经过多次风雨和战火洗礼，城墙大半已坍塌毁坏。明成化十七年（1481），知州许仁下令重修。鸠工集资，砌以条石，筑成一座高二丈一尺、周长十里三分的新城池。同时，新修了四座城门，东名临江，南名霁雪，西名跨醴，北名登云。

明正德年间（1506—1521），知州原道和张日善又先后补修。过了百余年，明末清初时，眉州城池因战乱，已是满目疮痍，倾塌过半。

清康熙二十四年（1685），眉州官员奉旨修葺州城。但因多年战乱，物力艰难，只是略加弥补而已。

清嘉庆元年（1796）九月，因四川达州白莲教起义，川东北不少州县城纷纷戒严。时眉州知州涂长发，紧急召集眉州绅士耆老商议修筑城墙之事。但筑城费用不是一个小数字，当时因军方备战需要，地方每年要完成繁重的“挽输之役”，即用人力或畜力运送军用物资，弄得眉州民力疲惫，哪里还有钱来筑城？

庞大的筑城经费从哪里出？涂长发和大家出主意想办法，商量出了一个移东补西之计。当时，眉州每年调给军方供“挽输之役”的民夫有五百人之多，每月要付口粮银千余两，如果能免除这项劳役，并把这笔费用移作筑城之用，经费不就解决了？

经军地双方协调，军方免除了眉州的“挽输之役”。于是，这一大笔口粮银，才被移作了筑城之用。

接着，涂长发在眉州城内的宝华寺设立了工程局，并选派了数位阅历丰富的眉州绅士参与谋划。涂长发还带领工程局全体人员，在神像前发誓：筑城之钱，必公必慎。不准偷工减料以贻害百姓，不准从中牟利以侵渔民工。一时百姓欢欣，百工踊跃。

工程于嘉庆三年（1798）三月开始动工，到嘉庆五年（1800）八月竣工。新城城身雉堞高一丈七尺，城洞长二丈四尺，城基宽二丈二尺，顶宽一丈二尺，外包以红砂条石，上面用三合土夯实。重建了四门，并更改了门名，东曰安澜，南曰

文明，西曰阜城，北曰拱极。每门设营房一座，供官兵守护。内外城厢，都留了一丈宽的火马道。城墙上，可以施弓弩，可以巡军警。还专门筑了高大的谯楼，用于军事瞭望和报时。新城周长一千七百四十尺，坚如积铁，屹若壁山。整个工程共花费银两六万二千余两，没有超出预算费用。

这座新筑的眉州城，从记载的文字来看，规模耸峙，厚重坚实，蔚为壮观。清嘉庆版《眉州属志》中载有一幅“眉州城图”，可以看出，清嘉庆年间筑造的眉州城呈椭圆状，形似龟背。据专家讲，筑圆城不筑方城，一是效法自然，龟是一种长寿动物，以其形造城，象征城运长久。二是城墙呈圆弧形，可以增强城池的军事防御和洪水防御能力。我们还发现，眉州城的四门并不是对称的，东门与西门，南门与北门，街道并不可以直通，而是错落布局的。专家认为，这也是有军事防御考虑的，在冷兵器时代，错落布局的街道，有利于城破后短兵相接的巷战。

清嘉庆年间筑就的眉州城池，至少矗立了一百五十年。直到20世纪60年代，眉州城的城墙依然可见断壁残垣。除九街十八巷外，眉州城内还有大片的农田，种有稻子、麦子、油菜等庄稼，市民不用出城便可观稼问农。所谓“穿城三里三，围城九里九，关起城门吃三年”的民谚，正是当年眉州城池的真实写照。

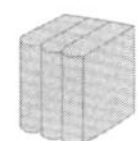

陆游与眉山隐士师伯浑

八百五十年前，南宋大诗人陆游以“孕奇蓄秀当此地，郁然千载诗书城”两句诗，把“千载诗书城”这顶桂冠戴在了眉山头上。

对陆游来讲，眉山是苏东坡老家，是诗书礼仪之邦，是一方圣土；对眉山人来讲，陆游是独具慧眼之人，是高山流水似的知音。陆游对眉山厚爱有加，眉山人对陆游心存敬意，以至于八百多年过去了，这种情结非但没有消磨淡化，反而如一坛佳酿，窖藏越久，越是有着浓烈的芳香。

南宋乾道五年（1169）十二月六日，四十五岁的陆游被任命为夔州（今重庆市奉节县）通判，开始了他在川、陕两地九年的官宦生活。夔州任满后，他先后在南郑（今陕西汉中）、成都、蜀州（今四川成都崇州市）、嘉州（今四川乐山市）、荣州（今四川荣县）等地做官，受尽迁徙奔波之苦，其间还被免官一年多的时间。

陆游虽没在眉山做过官，却与眉山有着不解之缘。陆游一

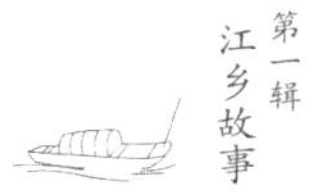

生因主张收复中原而屡遭排挤打击，抱负不得实现，主张不被采纳，报国无门，这一点与苏东坡相似。但多舛的人生，坎坷的仕途，却成就了一位伟大的诗人，这一点又与苏东坡相似。陆游对苏东坡，对苏东坡的家乡眉山，无疑有着特殊的情感。

乾道九年（1173）夏天，陆游四十九岁，在蜀州任上，他接到担任代理嘉州知州之命。赴任途中，他第一次到了眉山。眉山是陆游最崇敬的大文豪苏东坡的故乡，他焉能不逗留几日？

在眉山，陆游有两大意外收获。一是他发现眉山是一个有着深厚传统的诗书之城，以至于一踏上眉山的土地，就深深沉浸在浓厚的文化氛围之中，脱口诵出“孕奇蓄秀当此地，郁然千载诗书城”的美誉；二是他见识了眉山众多的饱学之士，尤其是结识了眉山一个叫师伯浑的隐士。陆游在《师伯浑文集序》中这样高度评价师伯浑：“乾道癸巳（1173），予自成都适犍为，识隐士师伯浑于眉山，一见知其天下伟人。”

师伯浑，原名师浑甫，眉山人，生年不详，卒于南宋淳熙四年（1177）。他能诗善文，擅长书法，特别喜欢酒后作书，人称“酒后作书的书坛怪杰”。师伯浑不仅很有才气，而且很有骨气，一生隐居不仕，过着淡泊飘逸的生活。陆游一见到他，就与他秉烛夜谈，引为人生知己。离开眉山后，陆游不但替师伯浑的文集作序，还与他保持了密切的书信往来，一有佳作，便寄予师伯浑分享。1175年前后，即陆游五十岁左右时，他寄了一首词给师伯浑，全词如下：

夜游宫·记梦寄师伯浑

雪晓清笳乱起，
梦游处不知何地。
铁骑无声望似水。
想关河，
雁门西，
青海际。

睡觉寒灯里，
漏声断月斜窗纸。
自许封侯在万里。
有谁知，
鬓虽残，
心未死！

这首词通过记梦这种形式，表现了诗人的满腔抱负与无奈现实的矛盾，也表达了诗人念念不忘恢复中原的爱国情怀。这首词标题寄师伯浑，足见陆游与师伯浑之间的友情之深。“有谁知”一句，当指师伯浑是这个世界上最能理解自己的人。

这首词是陆游最为重要的作品之一，被收入了1962年中华书局出版的《唐宋名家词选》。毛泽东也非常喜欢这首词，曾亲自手书此词，有专家称道：“字迹连绵，烟云弥漫，中锋

健骨，侧锋生姿，意笔相从，豪迈飞动，是典型的学怀素的例证。”

师伯浑死后，陆游十分想念他。晚年赋闲乡居时，曾作《山中观菊追怀眉山师伯浑》一诗：

空山菊花瘦如棘，
倾倒满地枝三尺。
阴风冷雨不相贷，
烂草苍苔共狼藉。
人虽委弃渠自香，
讵必泛酒登华堂。
君不见仁人志士穷死眉山阳，
空使后世传文章！

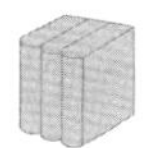 魏了翁眉州美政二三事

南宋嘉定六年（1213）八月，三十六岁且在宦海中时沉时浮的魏了翁，复职调任眉州知州。

魏了翁，字华父，号鹤山，南宋邛州蒲江（今四川成都蒲江县）人。魏了翁四岁即从学于乡先生，寡言老成，俨然一个成人。十四岁时，日诵千余言，过目不忘，乡人惊为神童。十五岁那年，他写了一篇八百余字的《韩愈论》，行文抑扬顿挫，人誉有韩愈遗风。

南宋庆元五年（1199），二十二岁的魏了翁进京参加科举考试。四月十八日，宋宁宗赵扩亲临集英殿主持考试，看了主考官吏部尚书黄由推荐的魏了翁的试卷后，非常欣赏，将其选拔为第一名状元。但这个状元魏了翁只荣耀了十九天，便因试卷涉及敏感问题而受到一些官员质疑，被降为第三名探花。

第二年，魏了翁任剑南西川节度判官，于成都就职。

这以后的十多年，魏了翁先后在嘉定府（今四川乐山）、家乡蒲江、汉州（今四川广汉）、福建建宁府（今福建建宁）

等地任职或教学。直到嘉定六年八月，才来到他心仪的文献之邦——眉州任职。

魏了翁不顾车马劳顿，到任不久，便又是谒文庙敬孔，又是祭拜“三苏”。他感叹道，眉州是“三苏”故里，诗礼之邦，父子三人虽已去世一百余年，但眉州这个地方流风未泯，斯文尚在，他不能不夙夜敬共，以无愧于先贤和此邦百姓。

但事情并不是他先前想的那么简单。眉州虽是文物之邦，但其习俗不同于他州别郡，而且百姓识字读书者多，对法令也各有自己的解释，甚至不时“以法挟官”，历届知州都直言眉州难治。确实如此，他到任伊始，就有不少人争相拿事来为难他。

魏了翁没有被困扰，而是秉承苏辙“利民之事，知无不为”的理念，从大兴调研之风入手，大办利民之事。他一是尊礼乡贤老人，解决他们的实际问题；二是简拔俊秀，让秀杰之士脱颖而出；三是每月初一、十五亲自到眉州学宫讲学，对士子们循循善诱；四是一有时间便深入民间参加乡饮酒礼，与民同乐；五是向上级申请，将眉州州试录取贡士的名额由以前的每次三十六人，增加到五十二人，以振眉州文风。

更让眉州百姓感动的是，魏了翁还深入民间，听民声，察民情，纾解民间疾苦。

眉山城东七里有座蟆颐山，山下是有名的玻璃江。

唐开元二十八年（740），益州刺史章仇兼琼在蟆颐山西开了一条永济堰，可灌溉眉山、青神田地七万二千四百余亩。但永济堰因老旧，易被水毁，需年年岁修，北宋天圣末年，每亩出钱五十文，到了元丰年间就涨到每亩一百四十二文，灌区农

户苦不堪言。

当时，眉山县丞张麟之负责修复水毁之堰，在每亩八十文外再加收三十八文，承诺一年后不再加收。

张麟之算是一位勤勉的官员，他压缩县衙开支，一次性投入三百万文，运来武阳之石筑堰堤，用邛崃山上的竹子做成治水竹桩。一天，他向魏了翁报告工程竣工，并请其前去视察。

魏了翁到现场一看，眉头紧锁。原来，每年夏天岷江发洪水，水从白虎津流来可形成两道河床，向东流可威胁堰堤，向西流又威胁到眉州城。而张麟之的修复工程，东西不能兼顾，只治标未治本。

于是，魏了翁召集眉州相关人士共商此事，并力排众议，提出了“截江为楗以捍东流，而洒渠于东西之两间，则城若堰将两利焉”的全新治水思路，即从白虎滩引岷江水，分东、中、西三大堰，大小筒口一百多道，筑一条城堰两利的新堰。同时，将永济堰更名为蟆颐堰。

嘉定六年（1213）十月，蟆颐堰截流工程动工，嘉定七年（1214）三月，一条既可灌溉农田又能防治水患的利民工程如期竣工，成为江乡眉州一道亮丽的风景。魏了翁作《眉州新修蟆颐堰记》，欣喜之情跃然纸上。

魏了翁是一个心系民生且闲不住的人，继蟆颐堰完工后，七月他又开始动工修筑江乡馆。

蟆颐山下的玻璃江畔有一个小山丘，其上有一座亭子叫共饮亭，得名于东坡诗句“相望六十里，共饮玻璃江”。共饮亭原为宋代眉州邑宰胡文靖所建，用于接待水路宾客。

见共饮亭年久失修，魏了翁决定减少州府用度，将其扩建

重修，并更名为“江乡馆”，取东坡《眉州远景楼记》中的“江乡”一词命名，寓意眉州乃人文荟萃的诗意水乡。

江乡馆七月动工，十月即竣工。新建的江乡馆，冠楼于堂，两旁设有多间客房，辟有散步的走廊。此外，修建了高大的馆门和围墙，院内还种植了不少嘉木花卉，令客人可憩可游，还可登楼观玻璃江景，有宾至如归之感。

江乡馆落成后，南来北往的宾客无不交口赞誉。久之，“江乡”之名大噪，竟成了眉州的别称雅号。南宋张伯虞撰写眉山志，直接就冠名《江乡志》。

接下来，魏了翁又新开环湖，给眉州百姓一个休闲悠游的水上乐园。

当时，眉州城西北有一片沼泽地，面积有千亩左右，人们在其中圈地围栏，或栽菱植藕，或种庄稼蔬菜。魏了翁认为这块地如此闲置殊为可惜，经过认真考察，决定将其疏浚改造，建成一座美湖乐园。

嘉定七年（1214）年底，魏了翁集资鸠工，开挖环湖。第二年初夏，一座环绕半个眉州城的美湖便眉舒眼开，阳光下，波光粼粼，如同一颗明珠镶嵌在眉山城西北。

环湖宽约百丈，呈带状。四周布有亭台楼阁，植有翠竹苍藤，西辟有翠洞书台、西港，东建有柏港、松菊亭、菱屿亭、百坡亭，并建有披风榭，上绘东坡像。东北筑有雪桥、起文堂。

此外，相传魏了翁还用开挖环湖的泥土，在环湖西北垒了一座秀眉似的小山，名曰“眉山”，将眉山之名具象化。同时，在“眉山”上种草植树，远远看上去，“水是眼波横，山是眉峰聚”，给人以诗意的想象。

知眉州期间，魏了翁还做了一件大事，就是在眉州学宫内修建载英堂。

自汉以来，眉州便是士大夫郡，贤能秀杰者辈出，史不绝书。一天，魏了翁视察眉州学宫，发现原有的先贤祠过于简陋，便决定修建载英堂。魏了翁按节义忠直、事业有成、学术显赫、辞章出众四个方面，挑选了眉州二十六位先贤进入载英堂祭祀。其中有田锡、朱台符、孙抃、石扬休、苏洵、苏轼、苏辙、吕陶、李焘等。每位先贤都绘有其画像，书有其事迹，供人们祭拜瞻仰。

“忧民白发三千丈，报国丹心十二时。”魏了翁做眉州知州两年，办教育、课农桑、薄赋役、兴水利、祀名宦、振文风，大办实事好事，官员百姓无不心服口服，赞誉有加。同时，眉州舆情和民风也渐渐向好，从一个号称难治的老大难州，变成一个政通人和、民风淳厚的模范之乡。

当时，眉州城乡流传一句话——“苏氏好学，了翁善政”，魏了翁在眉州百姓心中矗立了一座美政丰碑。

为纪念这位爱民善政的好知州，明代嘉靖九年（1530）台史邱道隆、翰林王元正在眉州城西南文庙左侧的隅民寺，修建了一座鹤山书院，内设鹤山祠。清代康熙初年，眉州知州赵惠芽又修葺重建。

直到今天，魏了翁一直被眉山人民铭记于心。眉山城区的江乡路、环湖路，便是不忘魏了翁当年筑江乡馆、开凿环湖的美政丰功而命名的。

许仁和他的眉州八景诗

许仁，明代广东高安进士，明成化十五年（1479）任眉州知州。据清嘉庆版《眉州属志》记载，许仁在眉州任上卓有建树。他修学校，创“聚秀亭”以教学生，其学生进士及第者时为全国各州郡之最，为此他被朝廷擢升为四品官。许仁对“三苏”十分崇敬，当时苏洵、程夫人墓经元代战乱已荡然无存，他躬亲前往寻觅，多次往返于山原之间考证，并亲自主持刊刻“三苏”的文章，印行《三苏先生文集》。

唐《通义志》云，眉山“山不高而秀，水不深而清”；明人陆应旸所著《广舆记》云，眉山“介岷峨之间，为江山秀气所聚”。许仁在眉州任职期间，为政之暇，常常沉醉于眉州的模山范水间。他不仅慧眼独具，发现了当时眉州特有的山川和生态之美，而且写下了《眉州八景》诗（诗碑今存眉山三苏祠博物馆），为东坡老家留下了一笔价值不菲的生态文化遗产。

我们不妨来赏读这组诗。

其一《苏祠瑞莲》：

可人千载尚流芳，故宅池中并蒂香。
莫讶为祥在科甲，生前元自擅文章。

明代洪武年间，在位于眉州城西南纱縠行三苏故宅“三苏堂”原址，建起了三苏祠。祠堂西面有一瑞莲池，每年六月间，池中荷花开得鲜艳盛极，且不时有并蒂莲盛开其中。相传，北宋当年苏轼、苏辙兄弟同登高第之前，苏宅的荷塘里便有并蒂莲开放。后来每逢此景，眉山人观者如潮，都以为这是州人科甲之兆。因此，三苏祠中的瑞莲不仅具有观赏价值，更有着预兆祥瑞的人文价值。许仁把它列为眉州八景中的第一景，应是实至名归。

其二《灵岩石笋》：

灵岩寺外石三峰，曾说牛山有路通。
试向洞外问消息，满空烟雨昼蒙蒙。

灵岩，史载位于眉州境内岷江东北岸，今青神县境内。明代时，岩上有一座灵岩寺，即今天的青神中岩寺。传说在寺下的江沙中，有僧人得一巨石鼓，高三尺，围六尺许，形制如同悠远的岐阳石鼓，但上面已无文字可考，估计已为波涛所蚀。僧人把这个石鼓置于寺中，作为镇寺之宝。灵岩之景在于山半有三石突起，其形类笋，看上去如三座美丽的石笋峰，绝妙之处在于烟雨中时隐时现的朦胧景观。

其三《蟆颐晚照》：

蟆颐洞上树层层，洞里香泉澈至清。
日暮游人留不住，下山犹爱夕阳明。

出眉山城东八里许，有一座山，林峦特秀，如蛤蟆状，故名蟆颐山。山上有一洞，深二丈余，名曰蟆颐洞，洞中有一股泉水，极清冽，潜通山下的玻璃江。古代的蟆颐山，是眉州城里的人踏青郊游的首选地。每逢春和景明时节，眉山人或扶老携幼，或三五相约，到蟆颐山游玩赏春，日暮时分方才兴尽而归。而下山时，抬眼望见西边一轮夕阳，明亮而温暖，玻璃江面上金光粼粼，帆影绰绰……面对此景此情，游人无不感到心旷神怡，喜气洋洋。

其四《象耳秋岚》：

万仞青山势欲摧，秋岚晴锁读书台。
山灵好是长呵护，有待仙才又重来。

象耳山，泛指彭山象耳山和东坡区境内的大悲寺山、二十四半边山等整个象耳山系。象耳山沿岷江东岸展开，山形耸秀，连峰接岭，直南至蟆颐山下。相传，诗仙李白曾在象耳山上读书，山上有一座李白的读书台。象耳山最美的季节是秋日，秋阳朗照，青山妩媚，李白读书台在山间的烟霭雾气中若隐若现，好似有神灵长相呵护，期待诗仙李白自天外归来……

其五《中坝渔村》：

水边杨柳岸边村，罢钓归来昼掩门。
睡起黄昏无别事，桑麻阴里数鸡豚。

中坝，眉州城周边有两处，一是岷江东岸永寿镇的冷中坝，一是眉州城西南松江镇的黄中坝，有松江水经绕入醴泉江，今仍名中坝村。此诗题中的“中坝”，疑指前者。许仁笔下的中坝渔村，令人想起唐代诗人孟浩然的《过故人庄》：“故人具鸡黍，邀我至田家。绿树村边合，青山郭外斜。开轩面场圃，把酒话桑麻。待到重阳日，还来就菊花。”两首诗展现的都是一幅恬静诗意的画卷，表现的都一种悠闲自在的乡村生活。不同的只是，孟浩然笔下的是农家，许仁笔下的是渔家。

其六《松江野渡》：

郡城南下路悠悠，行尽烟村水漫流。
寄语莫愁前去晚，柳阴深处有虚舟。

松江，源自由新津河分入通济堰，堰尾之水，流经眉州城西通惠桥，西南方向流为权河，下名松江。这处景观，也让人想起唐代诗人韦应物的《滁州西涧》：“春潮带雨晚来急，野渡无人舟自横。”遥想当年，许仁出眉州城南到郊外漫游，走乡过村时已近黄昏，突然一道漫河横在眼前，正愁无法渡河之际，柳荫深处悄然撑出一条小舟来，虚舱以待，令人喜出望外，欣慰不已。这是一种“山重水复，柳暗花明”的景观，意境幽远，韵味深长。

其七《峨眉霁雪》：

名山高与斗牛齐，积雪连云望欲迷。
退食卷帘静相对，无边清思入新题。

“眉山”得名，史说源自峨眉山。眉山城距离峨眉山，直线距离仅六十公里。每当天清气爽之际，在眉州城登高向西南方向远眺，便可清晰地看见巍峨的峨眉三峰。最妙的莫过于冬春季节，峨眉山雪止放晴，山顶的积雪与云雾相连，形成绝妙佳景，极目远眺，令人痴迷，生出无限情思……据史载，早在宋代，眉州城西就建有一座高大的楼阁，名曰观峨阁，是眉山人观峨赏景的最佳去处。

其八《江乡夜月》：

玻璃江畔着亭台，前辈迎宾特地开。
今日独留明月在，夜深时送画船来。

玻璃江，即蟆颐山下的一段岷江。因此段江流平缓，晶莹如玻璃，故名。玻璃江边上，北宋曾建有共饮亭，后经南宋眉州知州魏了翁拓建，更名为江乡馆。这道景观，是眉州八景中唯一的一道夜景。每当风清月圆之夜，到玻璃江上夜游，天上一轮玉盘，江上一片银光，江流隐约有声，江畔亭台依稀可见，直到夜深时，还不断有画船来往逡巡……这道令人陶醉的月夜景观，与“蟆颐晚照”有着异曲同工之妙。

物换星移，一晃六百多年过去了，许仁笔下当年的眉州八景，到今天大多依然有迹可循。如“苏祠瑞莲”“灵岩石笋”“象耳秋岚”“峨眉霁雪”“蟆颐晚照”等景观，还依稀可见当年的情形，这不能不说是我们眉山人莫大的幸事。

2025年2月6日微改

 对话法兰西：周华君艺术生涯的高光时刻

2003年10月25日，笔者随四川作家代表团来到法国巴黎。得知眉山籍著名画家周华君老师正在巴黎参加“中法文化年”活动，便与他联系见一面。25日下午，我和同行的宋明刚老师一道，在巴黎市中心“萨特·波伏娃广场”旁边一个名为“两个清官”的咖啡店，与华君老师见了面。那是一家著名的老字号咖啡店，据说最初与来自中国清代的两个官员有关。巴尔扎克曾在他的书中提到过，后来成了有名的文化沙龙，不少文化名人都在那里喝过咖啡，如海明威、纪德、乔伊斯等，萨特和波伏娃更是经常在那里写作。

那天下午阳光灿烂，在咖啡馆外的街檐下，我们一边晒着太阳、喝着咖啡，一边听天庭饱满、长发飘飘的周华君侃侃而谈：谈法国，谈艺术，谈他1991年在法国举办的三次画展的高光时刻，以及他正在参加的“2003-2004中法文化年”活动……

一、巴黎民间艺术博物馆的东方旋风

周华君出生于四川眉山，曾就读于四川美术学院中国画专业。系中国美术家协会会员、国家一级美术师，首任眉山三苏祠博物馆馆长。赴法国之前，他已是大名鼎鼎的中国画画家，曾在北京、成都、香港、台湾等地，以及国外的日本、新加坡等举办个人画展、联展多次，荣获“全国最具学术价值和市场潜力花鸟画家30名”“全国第二届花鸟画展”铜奖等多项大奖。

在中法文化交流史上，1991年是一个值得铭记的年份。这一年的5月，周华君取得了应邀赴法国举办画展的签证。当他第一次来到全球文化和艺术之都巴黎，站在巴黎新桥上眺望塞纳河时，这位来自苏东坡故里的中国画家或许未曾料到，他将在法兰西的土地上书写艺术生涯的华彩篇章。从巴黎民间艺术博物馆到小王宫展厅，从市政厅的咖啡会谈到大使馆的文化盛宴，这场跨越时空持续半年的艺术对话，不仅成就了他个人创作的国际性突破，更在中法关系低谷期架起了一座文化桥梁。

6月的巴黎，早晨的空气中还带着一丝微凉。周华君带着三十余幅水墨作品走进巴黎民间艺术博物馆，这是继张大千、赵无极之后，又一位中国艺术家在此开启文化远征。展览开幕当天，东方语言学院的学生们捧着《道德经》法译本驻足画前，几位意大利艺术生专程赶来探讨水墨韵味，更有白发苍苍的法国老者每天带着放大镜研究笔触细节。

在为期十天的展出中，三个文化现象引发热议：其一是中国水墨的当代性转化，周华君将传统泼墨技法与构成主义美学相融合；其二是苏轼人文精神的现代演绎，巴黎东方语言学院的汉学家们从《赤壁图》系列读出了存在主义哲思；其三是艺术语言的跨文化共鸣，法国《纳依期刊》评论家F·LAVRENE指出："那些荷花散发的清香，与梵高的向日葵形成跨越时空的对话。"

展览期间的文化碰撞同样令人动容。巴黎十三区侨林先生组织五十余位华侨集体观展，驻法大使馆文化参赞张文明三次亲临现场，著名的法国友丰书店创办人潘立辉当即决定出版法文版画册。最戏剧性的一幕发生在闭展当日，三位法国艺术院校教授联名致信法国文化部，建议将周华君作品纳入东方艺术课程研究案例。

二、小王宫展览的幕后故事

展览成功的涟漪效应迅速达到高潮。七月，周华君又在里昂市举办了一次画展。7月10日，在讷伊市市长萨科齐（后来成为法国总统）访华归来的招待会上，副市长玛蒂娜手持画册寻找周华君的场景，成为中法艺术交流史上的经典画面。这位资深的女性副市长以"文化破冰"为名，力主在巴黎第八区小王宫举办周华君国庆特展，为此她亲自协调内政部办理周华君的签证延期。

特别值得一提的是，周华君在招待会上还认识了一位贵人，他便是第八区知名华侨企业家何福基先生。何先生以"真心、热心、爱心"著称，为人和善儒雅，待人真诚，乐于助人，长期致力于促进中法友好，被誉为中法友谊的"民间使者"，深受旅法侨界的尊敬。自认识后，周华君与何福基建立

了深厚感情。除了为周华君小王宫画展无私奉献外，何先生还在周华君后来的文化交流活动中给予热情帮助，其中包括经他引荐向法国总统府赠画。

布展期间的文化博弈也耐人寻味：周华君坚持将开幕日定在10月1日中国国庆这一天，法方巧妙设计为“双庆典”模式；萨科齐特批使用市政厅金色大厅举办预展，中国驻法大使馆则破例借出明代青花瓷作为展厅陈设。展览还得到了中国前驻法大使蔡方柏的特别关心，著名画家范曾也亲临现场祝贺。开幕式上，当五百位嘉宾在香槟与水墨交融的展厅中穿梭时，这种“文化外交”的深意已超越了艺术本身。

展览呈现三大突破：首次在西方宫廷建筑中构建水墨装置空间；开创“以展代藏”模式，十二幅作品被吉美博物馆等机构收藏；形成政商艺三界联动效应，世界教科文组织官员现场提议将周华君纳入“丝绸之路艺术计划”。巴黎《费加罗报》感叹：“这场展览让美第奇家族时代的艺术赞助传统在东方语境中重生。”

在小王宫展览的璀璨光影中，一场特殊对话尤为人们关注：与范曾的“茅台夜话”持续至凌晨三点，两位艺术家从八大山人谈到毕加索，最终在“传统基因的现代表达”命题上达成共识。

三、东方美学的西方诠释

法国艺评界对周华君的解读形成三大流派：结构主义学派关注其画面空间的多维解构；现象学派研究观者的审美体验生

成；解构主义阵营则着迷于传统符号的当代转译。法籍华人艺术家、哲学家熊秉明在《欧洲时报》的评论最具代表性：“那些跳动的笔墨既是复古意趣，更是创造心灵的活泼流露。”

媒体数据的传播效应惊人：三个月内136家欧洲媒体报道，产生23种语言版本；《国际商报》的专题报道被法国教育部选为高中美术教材；瑞士收藏家根据《欧洲时报》线索跨海求购《荷塘月色》。这种传播广度在当时的中国艺术家中可谓凤毛麟角。

文化符号的再生产更值得关注：周华君作品中的“东坡意象”被改编为现代舞剧，巴黎高等美院将其构图法则纳入教学案例，甚至某奢侈品牌以《墨荷》系列为灵感推出高定服饰。这种跨媒介的文化衍生，印证了艺术评论家LAVRENE的预言：“中国水墨正在参与重构当代审美范式。”

四、中法文化年的诗性演绎

1991年在巴黎和里昂的三次展览，为周华君成为“杰出的中法文化使者”埋下了重要伏笔。2003年，周华君受邀参与“中法文化年”核心项目《中国诗歌2500年——从诗经到今天》。该节目是以舞台剧形式展现：中法文演讲，即兴书画，中国古琴伴奏，太极拳表演等。

2003年深秋的巴黎研究创作中心，周华君站在缀满敦煌飞天壁画的舞台背景前，指尖拂过《诗经》竹简的复制品。这位旅法艺术家正在为即将上演的《中国诗歌2500年——从诗经到今天》作最后的彩排，穹顶下回荡着法语版的“关关雎鸠”，以及用眉山方言朗诵的苏东坡“明月几时有”……他忽然意识

到：自己正站在两个古老文明的共振点上。

跨界中西的文化使者

当中法文化年混合委员会选定诗歌作为首场文化对话的载体时，周华君的跨界背景引起了特别关注。这位毕业于四川美术学院的中国画画家，不仅精研水墨丹青，更在巴黎努力攻读过比较文学。筹备组看中他兼具东方审美素养与西方表达能力的独特优势，力邀其参与编创这部横跨二十五世纪的文化史诗。当时，周华君的儿子周冰洋正在巴黎攻读博士，也被剧组特邀参与该节目的幕后和担任现场中国书画家的角色。

在三个月的前期创作中，周华君的工作室堆满了特殊"道具"：从安阳殷墟的甲骨拓片，到里昂图书馆藏的《玉书》法译手稿；从明代木制活字印刷工具，到蓬皮杜中心借来的全息投影设备。他创新性地将甲骨文解构重组为视觉符号，用光影技术在舞台上重现《兰亭集序》的流动笔意，这些突破传统的表现手法，后来成为该剧最受瞩目的艺术亮点。

塞纳河畔的诵诗声

2003年11月7日首演之夜，当编钟奏响《诗经·小雅》的韵律时，周华君身着素色衣衫立于舞台左侧。他设计的"诗画同屏"装置正同步呈现水墨动画：采诗官的木轮车在宣纸质感的投影中缓缓行进，车轮碾过的痕迹幻化为篆体诗句。法国观众惊奇地发现，这些三千年前的文字竟能与雨果的《东方集》产生奇妙共鸣。

最令人难忘的是《离骚》篇章的呈现。周华君说服导演采用“双语吟诵”形式：先由楚地非遗传承人用古楚语吟唱，再由法兰西喜剧院演员用法语散文诗转译。当“路漫漫其修远兮”的悠长尾音与“La route est longue et moncoeurinquiet”的低沉诵读交织时，剧场内响起了持续五分钟的掌声。法国《世界报》评论称：“这是但丁与屈原穿越时空的对话。”

香街狂欢的现场解说

2004年春节的香榭丽舍大巡游，游行方阵设计具有诗意的视觉符号，在巨龙花车的鳞甲上，巧妙嵌入了《全唐诗》中的边塞诗句；舞者手中的莲花灯内壁，则刻着雨果《沉思集》的法文节选。这种“诗性编码”的设计，让文化年的狂欢呈现出深邃的文明质感。

游行当日清晨，周华君与妻子周文芳穿越人潮赶往现场时，目睹了超乎想象的盛况：巴黎万人空巷，街道两旁的梧桐树上攀满观众，沿街住户将阳台改造成临时观礼台。当700位中国人组成的《将进酒》方阵踏歌而行时，他用法语向周围观众解释李白“天生我材必有用”的哲学内涵，一位白发老者激动地握住他的手：“这就是我们期待的东方智慧！”

文明解码的永恒诗篇

文化年结束后，周华君将这段经历凝练成系列演讲。在巴黎第七大学的讲堂上，他现场表演中国诗、书、画的即兴创作，七大师生数百人长时间鼓掌喝彩。谢幕时，周华君发现中国著名诗人北岛在台下第一排坐着，他当即邀请北岛上台参加了谢幕仪式。

当年舞台设计的草图：“青铜器纹样与哥特玫瑰窗的拓扑

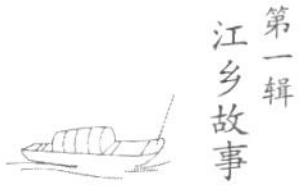

同构，证明审美意识存在跨文明共性。”在里昂汉字研究所，他通过比对《道德经》与《玫瑰传奇》的隐喻系统，揭示出中法思维方式的深层共鸣。

这些学术成果最终汇集成《诗性的光芒》专著，书中特别记录了文化年期间的诗坛佳话：法国诗人雅克·达拉斯在观看《中国诗歌2500年》后，创作了组诗《长安夜雨》，其中“李白的月光漫过先贤祠的穹顶”成为巴黎文化界广为传诵的佳句。而周华君为回应这份诗意，特意绘制了水墨长卷《两个缪斯的对话》，现收藏于吉美亚洲艺术博物馆。

二十年后回望，中法文化年不仅是外交史上的里程碑，更开创了文明互鉴的新范式。周华君当年在巡游现场赠予法国儿童的诗笺——印着“海内存知己，天涯若比邻”的洒金宣纸，如今正在新一代中法青年手中传递。这或许正是文化对话最动人的回响：当诗心相遇时，千里江山不过是一卷展开的锦书。

站在历史的长河回望，周华君的巴黎岁月恰似一幅动态水墨长卷：既有民间艺术博物馆的笔锋初试，也有小王宫的金碧辉煌；既可见政要握手的历史定格，更不乏市井观展的生动细节。这些高光时刻的深层价值，在于证明真正的艺术突破，总是发生在文化边缘地带——当水墨遇见塞纳河，当传统对话当代，艺术便获得永恒的生命力。

那些留在巴黎的笔墨记忆，最终凝练成周华君艺术宣言的核心要义：“创作的本质，是让不同文明在审美维度实现和解。”这种超越性的文化自觉，或许正是中国艺术走向世界的真正通行证。

2025年4月8日

张炜的东坡情缘

2020年7月，人民文学出版社出版了著名作家张炜的新作《斑斓志》。

这是一部关于苏东坡的讲座集成。张炜以十数年深研之功，兼诗学、写作学、文学批评、作品鉴赏、历史钩沉及社会思潮溯源之综合探究，力避陈言俗见，直面东坡文本。全书分七讲共一百二十余题，每题必有独见，每见必得服人，呈现了作家独有的思想深度与文章才情。

为什么要讲苏东坡？要写苏东坡？张炜如是回答："有关苏轼的文字太多了。现当代这方面的文字，从林语堂的那本传记出来以后，苏东坡的基本精神面貌及其他，包括学术上的大致走向，也就在某个层面上形成了。苏东坡作为一个形象，在人们心目中是相当固化的。当然，许多出色的苏东坡研究也出现了。我不是，也不想写一部苏东坡的传记文字，更不是写一般意义上的学术文字。一个当代写作者对一个古代写作者的全面接触，包括通常意义上的学术及其他，都要以自己的方式表

达出来。读作品最终还是读人，苏东坡的全部文字都通向了他这个人。”

书名为何叫《斑斓志》？张炜解释道：“这是其中一章的题目而已。‘斑斓’这个比喻其实很直接，因为苏东坡的人生，比其他诗人更加呈现斑斓多彩的特征。他和一般人的确是大不一样的。看看他一生做下的事情、达到的水准、踏入的方向，都会有这样的感叹。这个人的确太丰富、太有趣了，绝不贫瘠。有的诗人或艺术家，或生活中的其他人，也很专注、很深入，但就多彩多姿这一点来说，还远不足以使用‘斑斓’二字。有人可能觉得这个词用到其他人身上也勉强可以——不，用到苏东坡身上才最为贴切。”

身为作家，张炜写作之余最大的爱好是阅读。自然，包括对苏东坡的阅读和关注。张炜非常喜爱苏东坡，但这种爱，并非满足于古今流传的关于东坡的通俗故事，或是人见人爱的所谓“旷达乐观”的性情之类。爱苏东坡，就要懂得苏东坡。而要真正懂得苏东坡，张炜认为，“最好的办法就是深入阅读苏东坡，读他所有的文字”。他要求自己“除去他人无数的描述和研究之外，我还要将其诗词及策论诏诰等公文全部读过”。他感叹：“真正进入（东坡）浩瀚的作品才发现，以前自己有关诗人的印象与认知是多么肤浅，他对我而言基本上算是一个‘熟悉的陌生人’。”

张炜不仅阅读了东坡大量的文字，同时对东坡的遗迹遗址也饶有兴趣，光东坡老家眉山，他就曾两次造访。

2008年9月，刘小川的《品中国文人》研讨会在眉山召开，张炜来了。他是应上海文艺出版社副社长、《小说界》主编魏

心宏之约，专程来参加此次研讨会的。研讨之余，除为眉山文艺界做了一场传统文化讲座外，他还专门拜谒了苏东坡的故居三苏祠。

2011年8月，张炜四百五十万字的巨著《你在高原》荣获第八届茅盾文学奖。12月25日，张炜又一次来到眉山。在远景楼上，张炜侃侃而谈，谈写作、谈人生、谈环境、谈苏东坡……望着楼下的东坡湖和对岸的东坡岛，张炜道："眉山城市不大，人口也不多，满城青绿，有一条清澈的岷江和一汪美丽的东坡湖，更有一个苏东坡，这是一座有文化底蕴又令人心旷神怡的城市，是很多城市无法比拟的。"

第二天上午，我们陪张炜来到三苏祠，这是他第二次走进苏东坡的故居。他说，每到一次三苏祠，他的"武艺"就要增长许多。在三苏祠，张炜一边认真听导游解说，一边仔细欣赏。在苏宅古井前，张炜俯下身察看良久，似乎想要寻觅东坡当年的身影，还兴致勃勃地与同行合影留念。在东园的明代东坡盘陀画像碑前，端详着碑上据说是东坡的真面容时，他道："古人真是高明，寥寥几笔就把人物勾勒得栩栩如生，且非常有个性，有特点。今天的人们往往把圣贤面孔塑造成千篇一律的英雄形象，使其失去了个性，结果适得其反。"末了，三苏祠的负责人请他题词，他欣然提笔，写了"三苏纪念馆"五个大字，而三苏祠则回赠给他一幅蜀绣张大千的《东坡笠屐图》。

下午，在岷江东湖饭店宏图府，张炜作了题为《数字时代与东坡文化》的演讲。张炜不仅非常能写，而且非常能讲。历时两个钟头的演讲，他始终面带微笑，话语如清泉出山一样从容自然，又如珠落玉盘一般脆响悦耳，不时博得全场由衷的掌声。

令我没想到的是，离开眉山仅八年，张炜便向网络时代的东坡迷们捧出了一道诗与思的盛宴——《斑斓志》。

书中有不少独特视角下的振聋发聩，有不少独辟蹊径中的深思别悟，有不少独树一帜的真知灼见。

比如，论述东坡的政治立场："他既不是保守派也不是改革派，而是一个求真派和务实派。"

比如，对东坡"眼前见天下无一个不好人"这句话，他别解道："如果说我们从这里读出了诗人的宽宏大量，还不如说读出了诗人对于人性的极度绝望和无望。"

比如，对一些业已固化的套语，他认为："苏东坡哪里仅仅是什么有趣和好玩？又哪里仅仅是什么有才和乐天派？他经历的爱欲洗礼，他在苦海里的浸泡，他的韧顽和软弱，我们作为读者还需做好全面接受的准备。"

毫不夸张地说，《斑斓志》对苏东坡的解读，调动了张炜丰富的生命阅历和体验，他站在人性和诗思的高度，从各个层面观照苏东坡，真正是一次接通千载的幽思，一次打通古今的有益尝试。

2020年10月28日于眉山东坡湖畔

李琼久三苏祠画东坡诗意

2024年金秋10月，眉山三苏祠博物馆举办了一次“李琼久东坡诗意书画作品展”。地点在三苏祠的“墨庄”，展室不大，精致而低调，展出李琼久的水墨国画和书法精品仅有十件。

据三苏祠文物专家徐丽、刘良勇介绍，这次画展虽然作品不多，却颇有意义。首先，展出的李琼久东坡诗意画和东坡诗词书法作品，全是李琼久在三苏祠创作的。其次，这次展出恰逢李琼久寓居三苏祠从事书画创作四十周年。

李琼久生于1907年，笔名九公、九躬、九翁等，四川乐山五通桥人。二十二岁考入四川美术专科学校，受教于著名画家冯建吴先生。李琼久根植嘉州山水人文，继承了传统国画艺术精髓，形成了雄奇俊秀、苍润浑厚、飘逸空灵、气象高迈的独特艺术风格。从20世纪70年代末开始，李琼久的书画艺术就在国内外引起了不小轰动，石鲁赞他“惜墨如命，动笔为魂”“峨眉太高，我何小也”，华君武称他是“国宝”“活文物”，冯建吴称他“年相长，道高长”，刘海粟赞他“朝气蓬勃，新得出奇”，何海霞赞他“琼久笔下令人拜观折服”“蜀山灵秀，近代画杰”，《光明日报》评论李琼久的冷杉“前无古人，后无来者”。此外，吴作人、李苦禅、陈子庄、程十发、郑乃光、费新我、黄永玉、陈佩秋、蔡鹤汀等众多艺术大家都对李琼久给予过高度评价。日本山梨博物馆、英国大英博物馆、中国美术馆、四川博物馆等都馆藏有李琼久的精品力作。

1992年，国家文物局公布了中国历朝历代三百八十五位书画家的作品限制出境，李琼久是其中之一。

1980年，李琼久在乐山创办嘉州画院，开创嘉州画派。巧合的是，由李琼久书写的嘉州画院的名牌，当时就挂在了凌云山栖鸾峰的东坡楼上。

值得一提的是，李琼久生前对苏东坡十分景仰。同时，他与眉山三苏祠也缘分不浅。

1978年秋，经当时三苏祠青年画家周华君引荐，负责人胡惠芬亲自出面诚邀，特聘李琼久担任三苏祠客座画家。

当时，由于多种原因，年逾古稀的李琼久正遭遇精神和物质生活的双重危机，用杜甫诗“艰难苦恨繁霜鬓”形容也不为过。获悉三苏祠盛情相邀，李琼久欣然应允。

自此，一直到1983年的六年间，李琼久多次到三苏祠从事书画创作，有时一住就是十天半个月，给三苏祠留下了四十件书画精品。

据“永好堂”传人、收藏家冷卫强介绍，李琼久年轻时就崇敬“三苏”，特别景仰苏东坡，并熟读了其不少诗词文赋。

在三苏祠期间，他上午在云屿楼作画写字，下午为眉山一些青年学子讲学，晚上还要悉心研究东坡诗文，构思创作东坡诗意画。

李琼久擅长水墨人物画，内容以佛像和戏剧人物为主。他将古典白描手法与现代水墨泼染结合在一起，相互冲撞、渗透，寓狂放于理智之中，显得大气磅礴。

在三苏祠期间，他创作了不少东坡诗意的人物画。其中，有一幅题为《载酒时作凌云游》的简笔人物画。画题出自东坡《送张嘉州》一诗："少年不愿万户侯，亦不愿识韩荆州。颇愿身为汉嘉守，载酒时作凌云游。"此诗是苏东坡在杭州任太守时，送友人张伯温赴任嘉州太守时写的，表达了东坡意气风发之情。

这是一幅六尺中堂，画面简洁流畅，作笔大胆豪放。上方是朱砂色的山崖，下方是伫立船头的东坡形象，旁置一酒坛。作者用寥寥数笔，便勾勒出意气风发、豪放洒脱的人物形象。画面上尽管没有大佛、凌云禅院等景物，但熟悉嘉州山水的人，就能联想到凌云山的山、水、林木、禅院等。而酒坛，则让人联想到画中人物的喜好和性情。这幅画用了传统笔法、西画色彩，作画过程中墨色相互渗透，时间掌握十分精确。

李琼久的花鸟画继承宋元文人画的传统，融入现代美学理念，画风高洁雄秀，自成一格。三苏祠现藏的题为《东风渺渺泛崇光》和《田田抗朝阳图》两幅东坡诗意花鸟画，便是他留给三苏祠的两件不可多得的墨宝。

《东风渺渺泛崇光》出自东坡诗《海棠》："东风渺渺（一作袅袅）泛崇光，香雾空蒙月转廊。只恐夜深花睡去，故烧高烛照红妆。"苏东坡生前最喜欢海棠，贬谪黄州期间，海

棠曾是他的灵魂伴侣和人生慰藉，他自言曾“五醉其下”。李琼久的这幅海棠诗意画，其后人、著名画家何可点评道：“（海棠）花繁艳而不零乱，墨色对比强烈，穿插有序，主题突出，笔法老到。”

《田田抗朝阳图》源自东坡诗《荷叶》：“田田抗朝阳，节节卧春水。平铺乱萍叶，屡动报鱼子。”这是一首描写春夏之交荷叶之美的诗。李琼久的这幅东坡《荷叶》诗意图，以不同众人的画荷笔法，用浓淡墨铺洒出荷叶的明暗背向，再用明亮的色彩点缀出荷花，给人以清新脱俗之感。

1979年中秋，李琼久带领一群艺术家来到三苏祠拜谒“三苏”，有万一宾、李道熙、刘朝东、杨风等。仪式结束后，他们联袂创作了一幅题为《仰苏》的巨幅水墨画。画面上，由李琼久执笔完成的三棵松树，苍劲挺拔，高标孤傲，象征了“三苏”卓尔不群的高风亮节。

除山水、人物和花鸟画外，李琼久同时还擅长篆刻和书法。他曾说自己“书出秦汉，画蜕曹张”，意思是在书法上受秦汉碑刻影响很深，而绘画则师承三国时期“误笔成绳”“曹衣出水”的大画家曹不兴和南北朝时期“画龙点睛”冠冕一代的大画家张僧繇。中年时，他在绘画之余又钻研书法，并从儿童体中受到启发，加上隶书笔意和砖刻文字，形成独有风格。他甚至大胆地融书于画，使画中笔墨更加苍劲老辣而富有表现力。

寓居三苏祠期间，李琼久除留下三十多件绘画作品外，还留下了十多件书法作品。其中一幅书苏东坡《题西林壁》颇有特色，画家兼书法家的何可评价道：“这张书法作品，是用

‘我’体笔法完成的一张‘画’，画中用正草隶篆字体组成了一篇作品，并且每字、每行都有干、湿、浓、淡、大、小的变化，虽无涨墨，但每字和通篇都给人以清新、强烈的冲击。”

在三苏祠西园的八风亭上，至今悬挂着一块匾额，上面镌刻着“八风亭”三个大字，那是1978年李琼久初到三苏祠时书写的。“八风亭”得名，取东坡诗偈“八风吹不动，独坐紫金莲”之意。李琼久的“八风亭”三字，造型独特，出自东汉《祀三公山碑》和《堰山碑》的变异。他将三字的笔画按自己的认知重新进行了排列，既能让行家理解，又能让普通人认识，可谓不失大家风范。

寓居三苏祠后不久，1990年11月，一代书画大师李琼久驾鹤西去。

斯人虽逝，翰墨犹存。李琼久何其幸也，生前能寓居大文豪“三苏”的故居，汲取其灵气，充盈其胸次，蓄养其浩然之气；三苏祠亦何其幸也，能以闬闳广宇将一代书画大师揽怀入抱，优渥其衣食，滋润其管毫，并将其墨宝悉数珍藏。

末了，借眉山籍著名诗人周纲三十多年前观李琼久作画后赋的一首诗作结：

泪调了石青，
血拌了朱砂，
三寸紫毫热辣辣，
爱祖国江山如画……

2024年11月18日

叶毓山八十高龄铸苏辙铜像

2014年8月8日上午，新建的眉山苏辙公园。

颍滨广场上，高达4.5米的苏辙铸铜塑像安装完毕。

这是目前国内第一尊苏辙的青铜塑像。

正面望过去，身材颀长的苏辙，身着披风，手握书卷，眉头微皱凸显心事重重，正作大步向前状……

他要到哪里去？是不是又一次向皇帝上书？紧攥的书卷中，是匡正朝政的大计？还是民间疾苦的药方？

鼓荡的披风、昂扬的步态、微眯的眼神似乎在告诉我们——

那应是正当盛年的苏辙，历经磨难而秀杰之气不没；

那应是元祐主政的苏辙，精详吏事的他正相才初试……

谁是这尊铜像的作者？对人物形神把握如此精准，造型如此大气磅礴，且赋予人物丰富的情感和内涵……

这位有着一双神手的可敬的雕塑家是谁？

甫回桑梓的苏辙，默默地沐浴着盛夏的阳光，全身泛着青铜色的光辉——

铸铜基座上，赫然镌着一方大印：叶毓山。

果真是当代名家的杰作。毋庸置疑，当代大艺术家为古代大文学家造像，当使人物的艺术复活成为可能。

可这一切，并非一帆风顺。在苏辙公园开工之时，因经费等原因，设计中的苏辙塑像只是一尊铸铁塑像。

作为“三苏”故乡的眉山，作为苏辙公园的核心元素——苏辙塑像，本身就是应当载入眉山历史的一件艺术作品。负责苏辙公园建设的市城管执法局一班人，深深意识到问题的严重性。研讨会上，大家达成共识：苏辙塑像一定要请国内的雕塑大家来设计创作，要做就要做高品质、高水平的雕塑，以无愧于苏辙他老人家，无愧于眉山的历史文化，无愧于眉山人民。

一份请示报告递给了市政府。市委主要领导在规委会上要求，眉山的城市主题雕塑，一定要请国内的大家来设计制作，绝不能随意了事。

经过遴选比较，一位雕塑大家的名字进入预选方案，他就是四川美术学院原院长、目前国内最负盛名的雕塑艺术大家叶毓山。

叶毓山，1935年生，四川德阳人，1956年毕业于四川美术学院并留校任教，1963年毕业于中央美术学院雕塑研究生班。历任四川美术学院院长、教授，作品多次在全国获奖。自1962年至今，约有一百七十二座雕塑作品遍布中国的二十多个省、市、区，并在美国、加拿大、日本等国家有雕塑作品，作品擅长表现重大历史题材和历史人物，是中国近代雕塑界泰斗。其中，北京毛主席纪念堂的毛主席汉白玉坐像，就是他的代表作之一。

最令人兴奋的是，叶毓山对“三苏”有一种特殊情感。据说，他很想为“三苏”老家眉山留一点纪念。

2013年12月下旬的一天，笔者随市城管执法局领导一行来到成都华阳，找到叶毓山的女婿向里。可向里告诉我们，叶老师最近很忙，而且年近八十，身体也不大好，一般不再接雕塑作品。即使接了，也只能让他的工作团队来设计制作，他只做指导。不过，这一切都要征求叶老师的意见后才能定。

两天后，向里回话，叶老师欣然同意接受苏辙雕塑的创作，并将派人到眉山现场勘察。

2014年1月6日，叶毓山雕塑工作室的两位助手和一位技术员，来到眉山苏辙公园勘察现场。决定采用铸铜为苏辙造像，像高四米，加上基座一点五米，共五点五米。

2014年1月25日，在眉山丹棱重建的“大雅堂”开园仪式上，眉山市的领导巧遇前来参加仪式的叶毓山老师。大家一见如故，言谈间，叶老对创作苏辙塑像流露出浓厚的兴趣。

2014年正月初八，春节后上班第一天，叶老的助手就给眉山打电话，说是可喜可贺，因被眉山的诚意所感动，他决定亲自设计创作苏辙塑像。春节期间，叶老师放弃休息和家人团聚的机会，阅读了大量有关苏辙的资料，包括曾枣庄、洪柏昭的《三苏传》、眉山三位作家创作的三苏传记丛书，突然有了灵感，从初一到初三连续三天，一鼓作气完成了泥稿小样。不仅他本人满意，而且得到了他女儿、女婿和助手们的一致认可。

2月12日，眉山相关人员来到位于双流牧马山的叶毓山雕塑工作室，审看泥稿小样。言谈间，叶老对自己的作品非常满意，双手不停地比画，近八十岁的老人一下子变成了天真的孩

童。当时，他的手下讲到一件事，说是如果单从商业角度讲，苏辙塑像应该不会考虑披风设计，因为那样宽度、厚度都要增加，成本自然要增加。可这说法遭到叶老的严厉批评：“不要只是提钱，这尊雕塑是艺术，是我的得意之作。”

临别时，叶老讲，在进入泥稿大样的制作前，为慎重起见，他要亲自到眉山现场看看。

可接下来的两周里，一直没有他老人家来眉山的消息。后来打电话一问，叶老早就悄悄到眉山看了现场回去了，没惊动眉山任何领导和部门。

回去后，叶老对塑像做了一个重大变动，即在原四米高度的基础上，再增加五十厘米，即总体增加到四点五米。别小看增加的这五十厘米，那可是增加了不少成本的。他的助手对他讲，是否可以跟眉山方面洽谈一下，追加一点费用。叶老坚决不同意，他说：“这尊铜像是我对三苏父子的一点心意，合同上定了多少就多少，不可再追加。”

5月29日，泥稿大样造型终于完成，叶老兴奋地打电话请眉山的同志去审看。

果真是一尊宏制巨作。随着脚手架的拆除，苏辙塑像赭红色胶泥造型大样矗立在我们面前，巍峨高大，栩栩如生。激动之余，大家纷纷与叶老在大样前合影留念。

为这尊苏辙塑像，叶老可谓沥尽心血，倾尽全力。据他老伴介绍，近八十高龄的他，不顾全家人的反对，每天都要上下脚手架五六次，对塑像精雕细琢。老伴心疼他，怕他摔倒，已准备给他专门购置一台升降机，方便他工作。

据介绍，铸铜雕塑艺术品至少要经过十一道严谨复杂的工序才能最终完成。泥稿造型大样完成后，接下来还要翻制玻璃钢模板、铜水浇铸、打磨着色、防腐处理，等等。

这时，恰遇叶老有一个出国访问安排。临行前，他再三交代他的团队，后面的程序不得有丝毫马虎，特别是铜像的颜色，一定要等他回国后亲自把关。

8月上旬，苏辙铜像的工序终于全部完成。

“千里故园魂梦里，百年生事寂寥中。”

这位浴火重生的眉山人民的优秀儿子，就要启程回家，回到他魂牵梦绕的眉山老家……

让我们记住2014年这个火红的盛夏——

叶老无憾，在他八十高龄之际，亲手复活了一位他衷心敬仰的古代文学家；

眉山有幸，在传承弘扬三苏文化之时，迎来了一位引以为豪的骄子荣归故乡……

2014年8月初稿，2022年6月微改

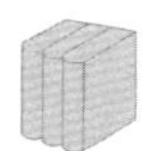苏海云镌刻《表忠观碑》

眉山三苏祠现有一百四十余通碑刻，其中苏东坡墨迹刻石最多，有八十多通。苏东坡书法墨迹碑刻中，有所谓四大名碑之说，它们分别是《表忠观碑》《醉翁亭记》《丰乐亭记》和《柳州碑》。

《表忠观碑》是苏东坡自己手书自己的文章；《醉翁亭记》和《丰乐亭记》是东坡书恩师欧阳修的散文名篇；而《柳州碑》则被誉为“三绝碑”，其碑文是韩愈的诗，内容是柳宗元的事迹，书者是苏东坡，三人都居唐宋八大家之列。

而这四大名碑中，就有两通的镌刻出自一人之手，他就是眉山镌刻大家苏海云。

苏海云生于1915年10月，是眉山复兴乡西拜村人，自幼跟着石匠父亲学开山取石，各种石砌安装、石刻工艺。特别是石刻工艺，所到处认真研究前人各种碑刻技艺，他自己说叫偷经学艺，小小年纪便已经技艺超群，声名鹊起。

不用说，苏海云非常聪明好学。为了得到喜爱的石刻工程项目，常加班工作，求得业主欢心。这也难怪，因当时社会动荡，民间石雕市场不景气，为了有机会做碑刻石雕活，他宁愿少收工钱、加班乃至帮工学艺。

俗话说，千金在手，不如一技傍身。早在1942年，苏海云就应三苏祠之请，到三苏祠镌刻苏东坡名碑《表忠观碑》。

《表忠观碑》是宋神宗元丰元年（1078），苏轼在徐州知州任上所撰并书，内容是称颂吴越王钱镠一门的历史功绩。此文一出，佳评如潮，王安石称赞其乃司马迁《史记》文体。《表忠观碑》不仅为文典范，其书法亦属上乘，是苏轼楷书的代表作。古人评价其书脱胎于颜真卿《东方朔画赞碑》，有“清雄”之风。

《表忠观碑》原为宋刻，几经周转，原碑早已遗失。1942年，经时任眉山行政督察专员陈炳光、县长张玉阶、民教馆馆长夏眉寿、诗人陈秉哲提议，根据三苏祠旧藏杭州明嘉靖拓本，拟重摹刻石。为此，三苏祠特邀复兴石刻新秀苏海云前来担纲。

苏海云欣然应允。相传，他当时除了带石刻工具外，腰间还别了一支“盒子炮”防身。当时社会动荡，一部分手艺人不得不加入民间组织，带枪保护自己。

无疑，苏海云的碑刻技艺是一流的。他不仅懂石刻，也懂书法。他常对人说，要做好碑刻，首先要通读碑文，做到胸有全碑。然后，要了解每个字的笔画走向和态势特点，下刀时要跟着笔意走边，尽可能地还原作者本来的笔意。

优秀的碑刻应该是碑刻者对书法原作的一次再创作，不仅要符合书法原作的风格，还要让原作扬长避短，从形似抵达神似，最大限度地追求完美。

此外，碑刻还有多种形式：一是阴刻，如平底、尖底、圆底、麻沙底；二是阳刻；三是阴包阳，依笔画大小决定刻的形式。

经过碑石选材、双钩模勒、朱笔描摹、镌刻碑文、拓碑修改等程序，在苏海云的精雕细琢下，《表忠观碑》终于大功告成。该碑共四通，双面刻，凡八面，正文共八百五十字，是全国目前仅存的《表忠观碑》的完整刻石。

《表忠观碑》有一个奇特现象，就是明明是阴刻，但是随着光线的变化和视角的不同，只要盯着碑上的文字看一会儿，就会感觉碑文像凸出来似的。这种阴刻呈现阳刻的效果，正是苏海云碑刻的绝妙之处，观者在领略苏东坡书法风采的同时，又能惊异于镌刻者炉火纯青的功夫，书刻俱茂，令人叹为观止。

1980年，经赵汉儒推荐，苏海云再一次进入三苏祠从事碑刻工作。

1982年，四川省首次碑刻研究班在三苏祠举办，他是研究班最优秀的学员之一。

四大名碑中，除《表忠观碑》外，他还独自完成了《丰乐亭记》的镌刻，并与赵汉儒合作，共同完成了《醉翁亭记》的碑刻。此外，他还为三苏祠刻了《马券》《洞庭春色赋》《寒食诗》《赤壁赋》《中山松醪赋》《登州海市》《海棠诗》《乳母任氏墓志铭》《赤壁怀古》，另刻有岷江大桥桥头碑，修复了通惠古桥石栏雕刻，等等。

苏海云对碑刻技艺非常痴迷，他不仅勤于实践，也善于总

结。他从选材加工到碑刻完成，总结了一套系统的技术理论，曾受到著名雕塑家赵树同的肯定。他把这套理论连同对技术精益求精的精神，一并传给了他的儿子苏少祥和弟子赵汉儒，使苏氏碑刻技艺得以传承。

1986年4月1日，一代镌刻名师苏海云病逝于眉山。

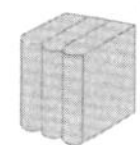赵汉儒抢救报恩寺

1985年6月的一天，三苏祠重建的景苏楼竣工。景苏楼原在眉山城西，为宋司农少卿陈烨总领蜀饷过眉山时所建，后毁。景苏之名，寓意景仰“三苏”之意。

新建的景苏楼位于三苏祠西园，是一组庭院式仿古建筑。时任三苏祠古建技师的赵汉儒，担任景苏楼的风貌设计。

中午食堂吃饭时，来自眉山太平乡的一个技工对赵汉儒说，他们明天将回太平去拆一座寺庙，再在其地址上建一所学校。赵汉儒随口问了一句：“是什么寺庙？”那技工答道：“是一座架木结构的寺庙。”

何谓“架木结构”？即是一种用木枋架起来的结构。

身为古建技师的赵汉儒，凭借专业的敏感马上意识到，那可能是一种斗拱古建筑，在今天的眉山可是不多见的。他忙对那技工说：“你们明天先别急着拆，等我们去看了再说。”

下午，他把这事向馆长周华君报告，周华君又马上向县文教局报告，决定先做文物调查。

事不宜迟。第二天上午，赵汉儒和三苏祠的袁大可，在太平乡一个文化专干陪同下，来到太平乡高峰村三组。

原来，这里有两座寺庙，一座叫报本寺，一座叫报恩寺，两寺相隔不到二十米。

报本寺又叫纯阳宝殿，始建年代不详，清宣统元年（1909）重建，是典型的清代四合院建筑，其大殿主要是常见的穿斗抬梁结构，非架木式斗拱。

而报恩寺则让赵汉儒眼前一亮。该寺始建于唐代，是一个姓王的居士为报母亲恩德修建的，元泰定四年（1327）重修，清乾隆年间维修。

最让赵汉儒兴奋不已的是，报恩寺正殿为木结构单檐歇山式屋顶，抬梁式梁架，十二架椽，大叉手逗脊，屋前后乳栿用六柱，前檐下施斗拱九朵，左右各施斗拱六朵，后檐施斗拱三朵，后照壁施斗拱两朵……

何谓“斗拱”？这是中国古代特有的一种建筑结构。在横梁与立柱之间，作为一种过渡，由许多斗形木块，与弓形曲木，层层垫托，向外伸张。其作用，一是可增加出檐宽度，延长滴水距离；二是起承上启下作用，可将檐口荷载均匀传布；三是其独特的榫卯结构，可增强抗震能力；四是可丰富檐口造型，增强建筑美感。

报恩寺正殿的斗拱，造型美观，如一只只托物的手掌，似一朵朵盛开的莲花……

赵汉儒欣喜若狂：这是一座典型的架木斗拱式元代建筑，是一处不可多得的古建筑遗存，是一处应大力保护的古代文物。

在赵汉儒眼里，这报恩寺如同一件无价之宝，是一段无言的历史，是一件凝固的艺术珍品。

不用说，赵汉儒对古建筑有着特殊的情感。

赵汉儒是土生土长的眉山人，从小就痴迷中国古建筑和碑刻艺术。他1961年毕业于乐山师范学校美术班，1972年进入三苏祠，从事古建筑、园林设计施工和碑刻工作。其间，他还到省上的古建筑艺术讲习班和碑刻研究班进修。三十多年间，他参与了上百处古建筑的保护、修缮。此外，还参与了三苏祠的碑刻工作，其中洗砚池碑墙石刻，便是他的杰作。

2003年，赵汉儒退休后又被三苏祠返聘。他在发挥余热的同时，还将自己在古建筑和碑刻艺术方面的技艺和经验，传授给了儿子赵井云。如今，赵井云已是中国民族建筑研究会理事，眉山有名的古建筑专家。他们父子传承的东坡石刻技艺，被评为眉山市非物质文化遗产。

毫无疑问，报恩寺在赵汉儒见过的眉山古建筑中，是最有分量的一座。

报恩寺虽说是重修于元代，但仍然保留了许多宋代建筑的营造手法。特别是斗拱，构造精巧，造型如盆景似花篮，既具备承重、抗震等功能，又有装饰建筑的美感，是中国古典建筑技术与艺术的完美结合，也是研究四川宋元建筑的重要实物佐证。

但报恩寺历经六百五十多年的风雨，现已朽蚀严重，如不马上采取措施维修，用不了多久势必倾塌。

在赵汉儒等人的建议下，1985年，报恩寺被列为县级文物保护单位，1986年和1990年又先后被列为市级和省级文保单位。

为抢救濒临坍塌的报恩寺，在“不改变原状”的维修原则指导下，赵汉儒夜以继日，专门做了一个详细的抢修加固方案，市、县两级政府还为此拨了专款。

在赵汉儒主持下，1990年3月31日至4月19日，历时二十天，报恩寺抢修加固工程顺利竣工。

2006年5月，报恩寺被列为全国重点文物保护单位。

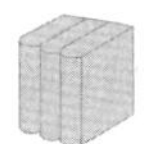

刘一刀精雕中华名匾“三苏祠”

2015年3月18日，互联网上出现了一篇题为《史上最强！中国320块牌匾书法欣赏》的博文，一时浏览量、转发量众多。其中悬挂于眉山三苏祠南大门的“三苏祠”匾额，被排在了320块名匾的第一位。

其实，早在1992年，“三苏祠”匾额就被收入了《中华名匾》一书。该书由辽宁人民出版社出版，作者林声是中国科普作家协会副理事长，是一位科普作家和收藏家。

匾额是中华文化的一支奇葩。它是亭台楼阁、殿堂庙宇、风景名胜等处所的灵魂所在，是集建筑、文学、书法、雕刻于一体的一道人文景观，从古至今盛行不衰。

“三苏祠”匾额上的“三苏祠”三字，是集晚清著名诗人、画家、书法家何绍基的字，跌宕欹侧，遒劲丰腴，加上醒目的黑底金字，看上去有很强的视觉冲击力。

何绍基是湖南道州人，三十七岁中进士，授翰林院编修。他是集学问、诗词、书法为一体的全能型高才，尤其是书法，被誉为“清代第一人”。他一生眼界甚高，但唯服苏东坡，为人治学均效法苏东坡，人称“学苏圣手”。也许是天意，何绍基还与三苏祠特别有缘。咸丰二年（1852）八月，何绍基授四川学政。在蜀三年，他三拜坡公故居，又是吟诗又是作书，忙得不亦乐乎。“三苏祠”匾额上的三字，便是他留给三苏祠的墨宝。

有学者曾评价“三苏祠”匾额为“三绝匾”，说匾名是大文豪“三苏”的祠堂，匾书是大书法家何绍基的墨宝，而匾额镌刻者，则是眉山大名鼎鼎的匾联木刻世家“刘一刀”。所谓匾名、匾书、匾刻三绝集于一身。

毫无疑问，“三苏祠”匾额书法的视觉冲击力，除名家书法本身外，与镌刻者炉火纯青的雕刻功夫和精美大气的制作，也是密不可分的。

说到眉山木刻，可追溯到公元一千年前后的两宋时期。

南宋时，眉山曾是与浙江杭州、福建建阳齐名的全国三大刻版印刷中心，其木刻制版技术非常发达，出现了一大批刻字匠人，其技艺也代代相传。

清光绪二十二年（1897），眉山人刘天缘承继祖上木刻技艺，独创刘氏匾联木刻，在眉州城下西街开设“天缘号匾联木刻”，因技艺精湛，德艺双馨，被誉为“眉州第一刀”。

20世纪50年代，刘天缘的儿子刘凌辉，带着父亲传授的匾联木刻技艺，受聘于三苏祠专司匾联木刻制作。70年代，刘凌辉又传授给儿子刘树森、刘茂林。1990年，刘茂林子承父业，成为三苏祠匾联木刻师。2000年，刘茂林又传授给儿子刘文豪。

所谓“刘一刀”，乃是眉山刘氏匾联木刻世家祖孙四代的合称。

1981年上半年，三苏祠改建了南大门，为三檐歇山式仿古建筑，是古建专家赵汉儒设计的。古色古香的大门，自然要配上古朴典雅的匾额作为点睛之笔。为此，文物专家张斌集了大书法家何绍基的“三苏祠”三字，请“刘一刀”第二代传人刘凌辉和其子刘树森、刘茂林负责镌刻。

一块好匾，是语言艺术、书法艺术、雕刻艺术的三度审美，要集字、印、雕、色之大成，缺一不可。

经过择木制匾、缩放清样、拓印上板、初刻成形、精雕细琢、悉心打磨、配色上漆、勾字贴金、封蜡成型等流程，历时近百天，一块流光溢彩的“三苏祠”匾额终于大功告成。

1981年5月，一个阳光明媚的良辰吉日，当看着黑底金字的“三苏祠”匾额悬挂上门楣时，刘凌辉父子激动地流下了热泪……

20世纪90年代初，“刘一刀”的第三代传人刘茂林，携儿子刘文豪，花了整整三个月时间，又对“三苏祠”匾额进行了一次翻新镌刻。

一块“三苏祠”门匾，凝聚了“刘一刀”父子三代人的心血。

不仅如此，迄今三苏祠九成以上的木刻匾联，都出自“刘一刀”木刻世家之手。

值得一提的是，“刘一刀”的匾联木刻技艺中，独特的传统土漆和贴金工艺是其最大的亮点，加上纯手工的精雕细琢，除最大限度地保留书法原作的精气神外，还可以确保匾联古朴

典雅、经久耐用，达到传世致远的目的。

刘氏匾联木刻，集笔意、墨韵、刀味于一体，具观赏、装饰、收藏之价值。

梦想雕琢山川日月，功德长留天地人间。

2023年4月，“刘氏匾联木刻”入选四川省第六批省级非物质文化遗产项目名录。

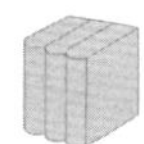

山志忠银枪刺咽喉

1981年10月的一天上午，秋高气爽，眉山工农兵球场座无虚席，人们正兴致勃勃地观看一场精彩的武术表演。

中场一个节目是硬气功表演：银枪刺咽喉。

在一阵热烈的掌声中，两个年轻小伙子走至场中央。两人先自然站立，入静、深呼吸，然后作弓箭步，将一根两头尖的银枪顶在各自的咽喉外皮位置，接着运气发功，开始用前倾之力向前对顶，直到把枪杆儿顶弯呈弓状……

表演结束后，两人的喉咙外皮居然丝毫无损。

这就是所谓的“银枪刺咽喉”，道家金丹硬气功之一。

可别小看那一根银枪，扁而薄的铁质枪尖，弄不好就会刺破喉咙。表演者没有坚韧的咽喉，是不可想象的。而要有坚韧的咽喉，没有多年的硬气功训练和正确的力量运用，加上钢铁一般的意志，也是无法做到的。

表演的两个年轻人中，一个就是山志忠，时年二十六岁。

山志忠的功夫，可不仅仅限于银枪刺咽喉。1981年6月到

12月，他参加眉山县硬气功表演队，在眉山城区、眉山车辆厂、多悦镇、金花乡、仁寿龙正乡、彭山凤鸣镇等地，巡回表演腹卧钢叉、银枪刺咽喉、卧钉床、气断钢丝等，受到广泛好评。

所谓“腹卧钢叉”，是由三人执掌一柄三叉钢叉，一人俯身其上，叉尖抵腹部，然后开始如推磨般旋转。钢叉有小于筷子头的圆形锋尖，卧叉者需要气运和意识高度集中，稍有不慎，后果不堪设想。

腹卧钢叉一般旋转一圈即可，可山志忠居然可旋转三圈安然无恙，其功夫可见一斑。

山志忠练的是道家金丹硬气功。其修炼是一个综合性的过程，涉及呼吸练习、意念集中、筋骨锻炼、内功修炼等多个方面。而腹卧钢叉，则需要腹部练成厚厚的有韧性的肌肉。

山志忠几近炉火纯青的功夫，与他从小刻苦训练和持之以恒的敬业精神是分不开的。

山志忠的家，当时在眉山城下西街三苏祠北门对面一条小巷里，即今天眉山宾馆的对门，距离三苏祠不到一百米。

山志忠的曾祖父，曾是清末的武秀才。父亲山河清，是一位钟表技师，眉山城有名的山师傅，年轻时也曾在眉山武术家朱教头门下学过武术。山志忠没有子承父业，跟着父亲摆弄钟表，而是承继了祖辈们的基因，自幼爱好武术，迷上拳脚功夫，喜欢舞枪弄棒。

山志忠初习少林拳术，闻鸡起舞，风雨无阻。

每当天色熹微，在三苏祠北门外的一片树林里，便可看见一个矫健灵巧的身影，时而如白鹤亮翅，时而若猛虎下山；出手跨步似行云流水，一招一式闪刀光剑影……

1971年7月，山志忠初中毕业，下乡到眉山多悦公社八一大队二生产队当知青。1974年年底，他进入资阳内燃机车工厂技校学习。在校期间，他师从牟夕九先生，学习峨眉派、黄林门心意拳（又名火龙拳）及太极拳、气功功法。牟夕九是武术教官出身，功夫甚是了得。1982年起，山志忠师从杨氏太极第五代传人梅应生老师，学杨氏太极拳、剑、刀、推手等。1989年12月，他在温佐惠老师门下学习国家规定竞赛太极拳、太极剑套路，还先后得到太极名家何奇松、杨绍熙、赵凯等前辈的指导。

山志忠体型瘦削硬朗，身材轻盈灵巧，拳脚遒劲刚强，加上能吃苦，悟性高，人品好，他的老师们都夸他是块习武的好料子，愿意把真功夫传给他。

功夫不负有心人，滴水穿石终有时。

习武六十年，各种荣誉纷至沓来，像鲜花一样撒向山志忠——1985年，被评为四川省武术优秀辅导员；1988年获评武术二级裁判；1989年获“二级武士”称号；1999年晋级为武术六段；1993年应邀出席第二届中国永年国际太极拳联谊会（邯郸）；1984年至1996年，参加四川省运会武术大赛和省级以上武术赛，获多枚太极类奖牌；2005年被四川省老体协太极拳专业委员会聘为“太极拳高级教练”；2004年被载入《中华太极人物志》。2015年12月，山志忠被评为东坡区非遗项目“火龙拳”的代表性传承人。

此外，山志忠还长期担任眉山县、市级武术协会的副会长和南车集团眉山车辆有限公司武术协会的会长之职。从1982

年开始到今天，山志忠开办太极拳培训班，培训学员达两万多人次。

山志忠不仅痴迷武术，还写诗、练书法，堪称文武双全。

多年来，他在工作和习武之余，写了大量古体诗词，并时有发表。2021年，他编印了一本厚厚的诗集《山志忠诗千首——太极·生活》，收录诗词一千一百二十九首，内容涉及太极感悟、人生哲理、自然科学等多方面的题材。

此外，他还爱好书法。他把书法的线条与武术的招式结合起来，在汉字的线条艺术中，融入武术的肢体艺术，独具风格，自成一体。

2015年2月，山志忠从南车集团眉山车辆公司退休，开始了退而不休的生活。告别昨日辉煌，展望未来人生，他在一首诗中写道：

晚年无限好，坎坷一路清；
余生只一愿，健康长寿行。

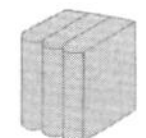 张志强铁拳痛打抢劫犯

1989年3月的一天下午，张志强骑车到眉山火车站上班，刚到西门通惠桥时，有两个朋友匆匆上来拦住他，说是他们先前从成都坐火车回到眉山，在火车站与洞子口之间的公路上，被两个年轻人持刀抢了买的一包衣服。而他们发现，这两个抢劫者现在正在眉山火车站服务部茶馆喝茶。

光天化日之下竟敢持刀抢劫？张志强一听，怒火中烧，愤然道："走，我去替你们做主！"

来到火车站茶馆，只见两个贼眉鼠眼的年轻人，正在大堂一张桌前悠闲地喝茶。朋友示意，那两人正是抢劫者。

张志强走上前去，喝道："快把你们抢的东西交出来！"

两人见张志强长得虎背熊腰，强壮威猛，站在那里像一座铁塔，先有了几分胆怯。

一个高个子起身道："这事与你无关，少管闲事！"边说边从腰间抽出一把弹簧刀。

说时迟那时快，还没等高个子把刀攥稳，张志强疾步上

前，对准他的头部就是一记重拳，高个子当即倒地。

另一小个子见状，也起身抽出刀要砍，张志强侧身就是一腿，踢到其胸上。这一腿似有千斤重，那小个子直被踹飞了五六米远。

两人吓得屁滚尿流，忙交出抢的东西仓皇逃去。那是一包“金兔”牌毛衣，当时要值几百块钱呢。

事后才得悉，这两人原是公安通缉的越狱逃犯。

张志强是眉山人，当时住在大南街。他自幼开始习武，跟着父亲学少林、岳门武术。他天生一副练武的好身体，加上练功刻苦，十多岁时已是膀粗腰圆，精壮似铁，力大如牛。他站马步，可两小时一动不动；练缠丝手，抬手可半天不放下来。

1971年7月，初中毕业的张志强，下乡到眉山尚义公社上游一队当知青。一天，他和一个知青朋友到尚义韩家场赶场，一人还买了二十斤大米。在供销社后面的集市上，见一个外号“汤司令”的知青，正带着四五个手下在那里欺行霸市，便上前制止。这汤司令可是尚义知青中的一霸，也会一点拳脚功夫。一年前，张志强曾与他在三苏祠外交过手，几个回合汤司令就甘拜下风。今天狭路相逢，汤司令仗着人多，没把张志强放在眼里，还出言不逊。张志强把刚买的两背篼大米，一手抓一个，稳稳当当抓起来转了一圈。见张志强力大如牛，汤司令恼羞成怒，便拔刀威胁。张志强眼疾手快，一个箭步上前，砰地就是一拳，汤司令应声倒地。其余几个手下见状，立即作鸟兽散。

1972年11月，张志强参军到青海德令哈。在那里幸遇一位军人出身的武林前辈，跟他学了两年武当七星青龙拳，练太乙

玄功、道家胎息气功。

1976年退伍后，张志强先是被分到峨眉水泥站，后被调回眉山商业总公司担任保卫部部长。回眉山后，他还拜入梅应生大师门下学习太极拳，跟田志强老师练燕青拳。

张志强习武几十年，精通多种拳术，平时却十分低调，从不在外炫耀张扬。他坚守武林道义，通常不轻易出拳动手。但若碰上邪魔外道或凌弱暴寡之徒，他会毫不犹豫挺身而出，见义勇为。

当时眉山一家工厂有个远近闻名的恶徒，经常在眉山城乡偷鸡摸狗，欺软凌弱。1988年10月8日，这个恶徒又在眉山西门外寻衅滋事，正好让张志强给碰上。张志强前去制止时，恶徒竟然挥刀向他乱砍。躲了他几十刀后，张志强瞅准机会，迅疾上前缴了他的刀，又一拳将他的一条腿打断，让他立马丧失了行凶的能力。

一天，在眉山城一家银行储蓄所外，有老两口取了一万元钱，正骑车准备回家时，被一歹徒强行抢了装钱的包。张志强正好路过，他健步如飞追了上去，一个饿虎扑食将歹徒扑倒，把其抢的钱包还给了老两口，然后又把歹徒扭送到了派出所。

1984年夏的一天，张志强骑自行车从下西街路过。

当快到水文站路口时，一辆小型机动三轮车快速从对面驶来，只听驾驶员惊呼："闪开，快闪开，刹车失灵了！"张志强不但没有闪开，反而迎面骑了上去。在接近三轮车时，只见他两脚蹬地，一手撑着自行车龙头，一手抓住三轮车车把，用尽全力将三轮车前轮提了上来，三轮车顿时停了下来，避免了一场恶性事故。

须知，那三轮车有近三百斤重，要抓起它，非得有瞬间爆发的强大力量不可。无疑，这与张志强几十年的气功训练是分不开的。张志强平日练功，对自己要求十分严格。他练单手抓铁蛋，二十斤重的铁蛋抓起来又放下，不落地，一次要抓放四五十下。

还有一次，眉山汽车运输公司甘俊明家半夜进了贼，并把门反锁了，甘俊明急忙找张志强帮他捉贼。那是一个雨天，张志强冒雨来到他家，一脚将铁门踢开，发现贼已经破其房顶跑了。事后，甘俊明对张志强说："你的腿太厉害了，我用汽车弹簧钢做的门架，都被你一脚踢断了。"

多年来，在工作之余，张志强还经常逮小偷，抓吸毒者，协助政府维护社会治安，为百姓纾困解难。

2000年，张志强被眉山县人民政府评为"眉山县十佳市民"，被县公安部门评为"优秀内保干部"。

1988年到1999年，张志强一直担任眉山县武术协会会长。1993年，还担任过眉州国术馆馆长。2004年8月，他被载入《中华太极人物志》。

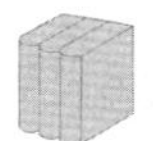 潘庆宏命悬高压线

1986年7月18日这一天，注定要让潘庆宏铭记一生。

这一天上午，潘庆宏带着照相机，与眉山县交通局副局长杜国光和安全生产股副股长周继业一道，前往新建的眉山岷江大桥现场拍摄宣传照片，以供大桥通车典礼之用。

眉山岷江大桥是眉山第一座连接岷江两岸的民办公助大型桥梁，1984年10月27日破土动工，准备在1986年9月26日正式通车。

潘庆宏一行坐着一辆北京吉普，来到岷江西岸的大桥桥头，见旁边一幢两楼一底的民居楼房，便上了楼顶准备俯拍大桥。

当时，潘庆宏是和周继业两人上去的，副局长杜国光留在楼下看车。

上楼顶后，潘庆宏觉得高度还是不够，见楼顶边上有一个水泥砌的蓄水池，高度有一米左右，站在上面俯拍大桥正合适。

但潘庆宏没注意到，距水池约两米的上方，横着三根高压线。不光他没注意到，周继业也没注意到。

潘庆宏拿着相机，刚爬上水池，还没站稳，突然“啪啪”几声，他眼前一黑，瞬间便失去了知觉。

在不远处的周继业闻声一看，顿时惊得说不出话来——潘庆宏悬挂在一根高压线上，像一节僵硬的木头似的。高压线搭在潘庆宏右侧的脖颈上，双脚嗤嗤地闪着弧光……

周继业是转业军人出身，受过良好的应急和救护训练。千钧一发之际，他临危不乱，瞥见楼顶有一个竹竿搭起的葡萄架，他迅速拔起一根竹竿，跑到潘庆宏下面，用竹竿使劲拨他的胸部，潘庆宏这才脱离了高压线，掉在了楼顶上。

不用说，周继业有着丰富的应急处置经验。他用竹竿拨潘庆宏胸部时，是向楼顶内侧拨的，否则即使把人拨下来，掉在了三层高的楼下，没被电死也会被摔死。

潘庆宏掉到楼顶上，像一根木头似的，还弹了两下才倒下。

此时，潘庆宏已经丧失意识，面色苍白，没有呼吸。周继业马上对潘庆宏开始进行现场心肺复苏和人工呼吸，不一会儿，潘庆宏出了一口气，面色转红。突然，他右眼角伤口处一股鲜血喷涌而出，把周继业的衣服都染红了。

接着，周继业与赶来的房东一道，取下一块门板，并把潘庆宏抬上门板。然后又通知杜副局长上楼来，把潘庆宏抬下楼，塞进汽车，快速开到了眉山县人民医院急救。

到了人民医院，事情并没有完，潘庆宏差点没保住小命。原来，急诊室值班的是个年轻医生，没有经验。慌乱中，他叫护士准备给潘庆宏打强心针。也是潘庆宏福大命大，这时，恰好五官科医生卫裕兰路过急诊室，她认识潘庆宏。卫医生平时非常好学，知识面较宽。了解原委后，她急忙叫停了打强心针，改为先输液治疗。然后，收入住院部进一步救治。

几天后，潘庆宏脱离了生命危险。但接下来的住院治疗，仍然令他刻骨铭心。

被高压电击后，潘庆宏两只脚的大脚趾因导电被灼伤，导致趾尖的皮肤和组织严重受损。因两个脚趾尖烧焦了没有正常皮肤，得先把烧焦的组织用刀子刮干净。

负责治疗的，是外科医生赵滨生和干尧鳌。因为两大脚趾创面的止痛难题，每一周刮一次脚趾换药，潘庆宏都要在嘴里咬一块毛巾，强忍着疼痛。一个月后，医生把潘庆宏的一个脚趾埋藏于另外一只的小腿上，包裹住伤口，让自身的皮肤长出来。

经过三个多月的精心治疗，潘庆宏终于全面康复了。一天，县供电局两位领导到医院看他，对他大难不死而且恢复得很好表示惊讶。须知，那可是一条十千伏的高压线。据统计，被十千伏高压电击后的生存率非常低，即使活下来也会致残，如肌肉、神经系统、心肌受到损伤等。但潘庆宏却安然无恙，原因何在？

据眉山市供电局的专家肖健分析，原因可能有三：一是潘庆宏被电击时，双脚触在水池边上，且水池里有水，电流一分为二，心脏只承受了一半，因此受伤不是特别严重；二是他被电击的瞬间，触动了高压电路的自我保护装置，导致短路断电，没有受到二次电击；三是在脱离高压线后，周继业及时对他实施了正确的心肺复苏，让他很快恢复了心跳和呼吸。

如今，这件事已过去三十八年。据潘庆宏自己介绍，尤其令人不可思议的是，三十八年来，他的身体没有留下任何后遗症，每次体检的各项指标都很正常，他甚至连感冒都少有患过。

是身体经过一次强电流的洗礼，改变了人体基因？还是天佑良善，福报好人？

据潘庆宏讲，他从小到大，曾遭遇过多次惊魂动魄的事，但最终都化险为夷。

潘庆宏出生在眉山多悦镇，父亲潘德威是镇上有名的照相师傅。十四岁那年的一天，潘庆宏跟着父亲到尚义韩家场替人照相。收工后，父亲带着他在场外的公路上拦车回多悦镇。一辆大型轮式拖拉机停下了，父亲上了驾驶室坐下。拖拉机开了好一会儿，父亲才发现儿子没在身边。他急忙叫师傅停下，下车去找儿子。他刚下车，拖拉机就开走了。父亲眼角突然瞥见，儿子在拖拉机机头与车厢中间的挂钩上坐着，双手紧紧地抱着挂钩。父亲在后面拼命地叫着“停车，停车！”但拖拉机师傅仿佛没听见似的，突突地径直向前开。父亲追了好远，直到筋疲力尽才无奈地停下。幸运的是，潘庆宏在挂钩上坐了十多里地到多悦镇，尽管一路十分颠簸，居然毫发无损。

潘庆宏小学毕业后，再也没有上学，就跟着父亲学照相。父亲在多悦镇上开了一家照相馆，潘庆宏每天站在小凳上学习摆弄相机，久而久之成了与父亲齐名的小潘师傅。十多岁时，镇上小学教师陈仲云送了他一本《新华字典》，同时启发他：“人还是要多读书，才会走得远。”自此，照相之余，潘庆宏

开始读书自学，有生字生词就翻字典，有疑难问题就去找陈老师。

1977年，21岁的潘庆宏到成都进修摄影，在春熙路上有名的火星影楼学了一年。回眉山后，当时县委通讯员董泗海非常赏识他，推荐他到三苏祠做专业摄影师。三苏祠领导也爽快：拿作品说话。潘庆宏拍了一组三苏祠的风光照片，领导一看，当即就拍板将其录用了。

不用说，潘庆宏很聪明，也很勤奋。但更令人刮目相看的是，他天生一颗好奇心，喜欢新生事物，喜欢冒险，喜欢寻找新的刺激和体验。

20世纪80年代前后，他是眉山城里最早买钢琴、摩托车、摄像机的一批人之一。

1982年的冬天，他骑着一辆新买的“雅马哈”牌摩托车从乐山回眉山。途经娴婆乡时，因大意且速度太快，从一座平桥上冲了下去。

潘庆宏回忆，当时他感觉自己像一只鸟一样飞上了天，摩托车因太重先他掉了下去，而他越过摩托车，摔在了半水半干的河床上。

幸好他是肩背先着地，幸好他戴了头盔。

他回忆，当时他头脑非常清醒，就是四肢不听指挥，动弹不得。过了好一会儿，他才艰难地爬起来。他想去扶起摩托车，却怎么也弄不动。一个牵牛的大爷在他身边过，只是瞄了他两眼，便摇头走了。他只好爬上三米多高的平桥，在公路上拦下一个小伙子，总算把摩托车连推带拱弄了上来。摩托车虽然摔歪了龙头，但居然还打得着火，转得动车轮。他骑上摩托

车，歪歪扭扭地开回了眉山城。

诸如此类有惊无险的事，他还遭遇过多次。

1979年春，他和摄友魏志强、韩伯平三人开车到贡嘎山采风。在海拔四千米的山上，天下大雪，能见度不足两米，车子又突发单边，他和魏志强只好下车引路。一边是陡壁，一边是悬崖，一路上如有神助，居然没出任何事。

还有一次也是他们三人，在红原草原遭遇狼群。他们的汽车被两只狼追赶，慌乱中，掉在了一个坑里，又弹了起来。剧烈颠簸后，潘庆宏被卡在了车门上，魏志强则被抛出车掉在了后轮边，只好拼命跟着车跑。摆脱狼群后，方向盘又脱落了。待修好车开到红原城里，已是凌晨三点了。

2016年11月，潘庆宏从眉山三苏祠博物馆副馆长任上退休。回望他四十多年的三苏祠生涯、五十多年的摄影人生，除了为到访三苏祠的各级领导、文艺家拍摄了大量照片外，还留下了三百多幅精品摄影作品。它们或登报发刊，或参展获奖，或亮相于微博网站，或被个人和社会珍视收藏。2009年6月，为表彰潘庆宏从事文物、博物馆工作三十年，国家文物局还给他特别颁发了荣誉证书。

俗话说："大难不死，必有后福。"佛家云："人生本就是一场在苦难中的修行。"历经多次大磨大难的洗礼后，潘庆宏不仅没有萎靡颓唐，一蹶不振，反而被大难激活了内存，盘活了能量，打通了任督二脉，走出了一条光和影铺就的五彩人生路……

2024年11月22日

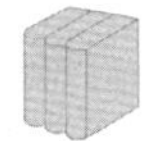

王文光茅草棚腾云驾雾

王文光何许人也？20世纪80年代眉山城妇孺皆知的模范清洁工。

每当天刚蒙蒙亮，眉山城的大街小巷便可看见一个四十来岁中年人的身影：穿一身破旧短衣褐，拉着一辆垃圾车，沿街清理垃圾，然后把一个个垃圾桶抹得干干净净。

王文光外号“雪里花西”，中等个子，面色黧黑，高颧骨，微驼背，最醒目的是他的鼻子，鼻头肥大，鼻梁高挺，竟然还是向右歪斜着的。

我记得，王文光的家住在眉山城西门外的通惠桥头。说是家，其实只是一间小茅草棚。小茅棚还隔了上下两层，下面一床一灶，那是他母亲的卧室兼灶房。上面隔了一个小阁楼，铺了谷草席子，有架竹梯供上下，是王文光的床铺。

王文光从小没了父亲，母亲靠捡破烂生活，家境贫寒。平日他与母亲相依为命，对母亲十分孝顺。他们每天只吃两顿饭，王文光怕母亲饿着，总是把自己的饭菜留一点，晚上给母

亲吃。夏天天热且多蚊虫，母亲晚上无法入睡，他总是坐在床头，摇着一把篾扇替母亲祛暑驱蚊，直到母亲睡着。

关于王文光的歪鼻梁，还有一段令人哭笑不得的龙门阵。

别看王文光只是个清洁工，原来他还识字，而且喜欢看书，尤其喜欢看一些鬼神怪异的书。

相传，一日午后，王文光闲来无事，便上阁楼蜷在铺上看书，是一本从垃圾堆里捡来的《西游记》。

这时，母亲正在灶前烧火做饭，烧的是大街上捡回来的甘蔗皮。因甘蔗皮不怎么干，燃烧不充分，便弄得满屋都是烟雾。

再说王文光在阁楼上看《西游记》，不一会儿已是云里雾里入神入迷。当看到孙悟空驾着筋斗云回到花果山时，他突然发现阁楼下也升起一团云雾。那云雾呈馒头状，像极了书中悟空驾驭的筋斗云。神思恍惚中，王文光情不自禁大喊一声："云来了，还不快驾！"于是纵身向云雾跳去……

只听扑通一声，王文光驾云不成，重重地摔在地上。幸好阁楼不高，王文光并无大碍，只是摔断了鼻梁骨，从此成了歪鼻梁。

歪鼻梁王文光并未因此沉沦，而是更加喜爱读书了。他每天总是一边拉着垃圾车，一边还拿着一本书看，干活、看书两不误。他也经常助人为乐，如帮老人倒垃圾、替人拉蜂窝煤等。一年冬天，县女子篮球队一个队员，骑自行车不慎从通惠桥上掉入河中，王文光闻讯，急忙从家中跑出来，二话没说，把外衣一脱，毅然跳下冰冷的通惠河，把她救了上来。

说到游泳和跳水，这可是王文光的绝活。他自幼喜欢游泳，且水性极好，曾多次横渡两三百米宽的岷江王家渡。每逢夏天岷江涨大水时，他总要到东门外的大桥上表演跳水。只见他赤着上身，穿一条短裤，在上百人的围观下，面对滔滔洪水，从七八米高的桥上往下跳。他时而栽“蛙式”，时而跳“炸弹”，时而仰泳或潜泳，时而在水面上优雅地打着“剪刀叉”，有如梁山好汉中的“浪里白条”。每当他表演过后，总是有陌生的热心人送给他一包香烟作为犒劳。

歪鼻梁王文光，身正心善，孝恭勤俭，大好人一个哩！

晏丰培与工农兵球场

晏丰培是个小个子，可在20世纪70年代，他却是眉山城里一位响当当的人物。

晏丰培时任眉山县体委主任。他在上任后，大抓群众性体育活动，在城乡和中小学大建体育设施，普及篮球、排球、乒乓球、羽毛球、足球、体操、武术等运动，把眉山城乡的体育活动搞得有声有色，生气勃勃。

特别值得一提的是，20世纪70年代初，在他主持下，眉山城居然修建了一座漂亮的灯光球场。

那是一座标准的灯光篮球场，位于下西街县文化馆后面、电影院旁边。灯光球场名叫工农兵球场，是一座露天球场，四周用红砂石砌了看台，面上用水泥抹了，可容纳近千人观看。灯光球场外，还建了一座训练球场。

不用说，在当时的县城修建一座标准的灯光球场，无疑是一项大工程。无论是对场地、灯光、座位、安全等，都有较高的要求，而且要花一大笔钱。

球场建好后，最关键的是要发挥作用。就像有了花瓶，一定要有花插，否则便成了摆设。

如何激活灯光球场，让球场的灯经常亮起来，篮球经常打起来，各种活动经常开展起来，晏丰培可谓煞费苦心。

那些年，工农兵球场几乎每周都有小赛，每月都有大赛。眉山各乡镇之间、各学校之间、各单位之间的业余比赛经常举行。甚至，一些省级、国家级的专业球队也不时被请来表演，如八一男子篮球队、原成都军区男子篮球队、铁二局男子篮球队、四川女排等。这些表演，让眉山人大开眼界，也让眉山人见识了不少明星球员的风采。我记得，每当有专业球队来表演时，工农兵球场一票难求，场内座无虚席，连场外的墙上和树杈上都站满了人。

当时的工农兵球场，还活跃着一支男子篮球队。那是一支业余的县代表队，其中有两个球员，是我们这些小孩子眼中的大明星——一个姓辜，外号“锅巴”；一个姓唐，外号“糖影儿”。“锅巴”个子较高，近一米八，长得非常壮实，是球队的前锋和篮下；“糖影儿”个子不高，应该不到一米七，但弹跳非常好，能轻易摸到篮圈，而且非常灵活，是场上的组织者和灵魂。

两人当中，大家最喜欢的是“糖影儿”。“糖影儿”个子虽不高，但长得英俊帅气，只要上场便会成为众人关注的焦点。他在场上的表现，可用八个字形容：“动如脱兔，跳若猛虎”。别看他个子不高，还经常与高个子争抢篮板球。特别是他的运球突破和快速三大步上篮，往往出奇制胜，令人防不胜防。

此外，工农兵球场平时还对普通市民和学生开放，让喜欢打坝坝球者也有了一个平台。

“走，到工农兵球场去看球赛！”成了那些年眉山人乐此不疲的业余生活。

可以说，在当时，这座灯光球场拓宽了眉山人的视野，丰富了眉山人的业余生活，增强了眉山人对体育运动的兴趣，晏丰培自然功不可没。

可每当得到领导和群众赞扬时，晏丰培总是谦虚道：“我不过是受了贺老总（贺龙）精神的影响罢了。”

三苏祠看昙花

昙花在今天并不稀奇，到处都能见到，不少人家还自己养着。但在20世纪70年代，大多数眉山人只知道“昙花一现”这个成语，却没有见过真正的昙花。

昙花是一种仙人掌科植物，明代弘光年间才从墨西哥等国引进中国栽种的，距今不到四百年。昙花可谓奇葩，每年6月到10月开花，其花朵白色、硕大，呈漏斗状，甚是好看。其花期非常短，从开放到枯萎只有五个小时。昙花一般在夜间开花，通常在晚上8点以后开放，盛开的时间只有三四个小时，短的甚至只有五到十分钟，被誉为“月下美人”。由于昙花花期非常短，人称“昙花一现”，象征一种刹那的美丽和瞬间的永恒。

当时，眉山城里也许只有三苏祠种有昙花。

记得是1973年7月的一天，突然听大人说这天晚上三苏祠有昙花要开，人人都可以前去观看。

三苏祠不仅是祭祀“三苏”的祠堂，也是一座大花园。春有蔷薇、海棠，夏有菱荷、茉莉，秋有丹桂、金菊，冬有蜡梅、山茶，一年四季都有奇花异卉可赏。可当时大多数的眉山人，就是没见过“舶来品”昙花。听说今日有珍稀的昙花可观赏，又听说看见昙花开一年都会有好运，眉山城的市民们像过节一样兴奋，不少人吃过晚饭便络绎不绝地往三苏祠走。在好奇心驱使下，黄昏时分，我也跟着大人们进了三苏祠。

种植在一个大花盆里的一株昙花，伫立在百坡亭以西、船坞以东的一口小池塘中间的平台上，即今天放置“八娘伴母”塑像的地方。四周挂有几盏煤气灯，把池塘及周边照得雪亮。

那是一株经过三苏祠花工精心照料的昙花，植株有四五米高，用竹片撑着，数片深绿色的侧扁叶状茎上，我数了一下，有十二朵圆润饱满的花蕾，正低身昂头，含苞待放。

约莫晚上8点，三苏祠里的看花人越来越多，池塘四周、桥上、假山上，里三层外三层，把个小池塘围得水泄不通。

我在人群的缝隙中钻来钻去，最后定位在小池塘靠北的石栏边，离昙花只有三四米远。我目不转睛地盯着那株昙花，焦急地等待着那神奇的瞬间。

将近晚上9点时，人群中突然有人惊呼：“开了！开了！昙花开了！”

只见原来还紧闭的十二朵花苞，一朵接着一朵逐渐变大，而且越来越透明，花瓣依次开始展开，并且可闻到一股淡淡的芬芳。不一会儿，花瓣先后呈现淡黄色，香气越来越浓，花瓣渐渐完全展开，那十二朵昙花几乎是同时绽放，像十二位冰清玉洁的白衣美人，顿时芳华四射，香雾扑鼻……

哇，何等神奇美妙！

一阵兴奋后，听说从花开到花谢还要等四五个小时，除少数人要继续守夜看个究竟外，多数人便开始散了。因怕家人担心，我也从人群里钻了出来，想早点回家去。

离开煤气灯的强光区，眼前突然一片昏黑，过了好一会儿，才恢复了正常的视觉。凭着一个老苏祠人的经验，我沿着灰白的三合土路，轻车熟路往大门方向走。走了一会儿，便突然听见前面扑通一声，接着又是扑通一声，还伴着呼救声。原来，眉山城头一天才下过一场暴雨，三苏祠里的池塘和沟渠都装满了水，晚上看上去明晃晃一片，半明半暗的路灯下，有几个男女便把水沟误看作道路，直接走到水沟里去了。

幸亏水不深，人又多，落水者很快被救了上来，只是湿了全身，成了名副其实的护花“湿”者。

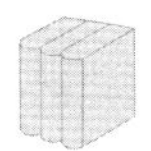

群童撒野三苏祠

我九岁那年，正碰上那场史无前例的运动。学校里自然没有多少书可念，我们这些小学生便乐得放敞羊似的疯玩。

那时，我家住在下西街，离三苏祠北门直线距离不到一百米。别看当时眉山城到处都是闹哄哄、乱糟糟的，可三苏祠却“风景”独好，俨然一片“净土”。祠内一年四季依然林木蓊郁，依然花开花谢，草长莺飞。

到三苏祠玩，几乎成了我们一群孩子每天必做的“功课”之一。

这群孩子中，年龄较小的有小川、志华、炳玉等，年龄稍大的有文钦、辜老六、炳乐、志平、志勇等。

那时进三苏祠还是要买门票的，不过很便宜，大概就两分钱吧。但对我们这些孩子来说，两分钱可不是每天都有的。要经常进去，就得动点脑子，也就是今天所说的走走“门道”。当时，三苏祠三面环水，没有围墙，只以沟渠或池塘为界。窄的地方只有三四米，水面常年长满绿油油的“水葫芦”。我们便经常把“水葫芦”成堆地垒起来，扎成“渡水之舟”，然后小心翼翼地踩上去，慢慢地划到对岸，从而达到“偷渡”三苏祠的目的。也有过“船沉落水”的事情发生，不过很少。即使掉到水里，我们也不怕，我和我的小伙伴们个个都是游泳的好手。有时，我们也从大门进去，不过是以恶作剧或声东击西的形式。我们先叫一人去把守门婆婆诱开，然后我们一群孩子突然从一个隐蔽处跑出来冲进大门，迅即又四散开去，待她醒悟过来，我们早已跑得无影无踪，往往气得她跺脚大骂。

在三苏祠里，我们最喜欢的是用自制的弹弓打鸟。当时，三苏祠俨然是鸟的乐园，光叫得上名儿的就有十多种。漂亮的画眉，贪吃的白头翁，独来独往的山和尚，只在大树高枝上栖息的白鹤，还有喜欢在灌木丛中跳来跳去的“丁丁雀”，等等。有一种鸟特别好看，叫声也非常动听，我们把它叫作“红嘴绿冠鹦”，竹林中常常闪着它们娇小玲珑的身影。记得有一天下午放学后，我没回家，径直进了三苏祠打鸟。我跟踪上了一只红嘴绿冠鹦，它在竹林中跳来跳去，我老是寻不着射击的机会。正当我屏声静气蹑手蹑脚在竹林中搜寻它的踪影时，突然一只大手从背后拍了一下我的肩膀，我回头一看，一个年轻的管理员凶神恶煞地站在我身后：“走，跟我到办公室走一趟！”糟啦，这个管理员是三苏祠出了名的“鹰”派人物，今天落到他手中，我肯定栽了。没想到这个管理员竟然“心慈手软”，只是缴了我的弹弓，然后“教育”了我一顿，就放我回家了。当时，我确是做好了挨手板心的心理准备的。

钓鱼，是在三苏祠里又一件惬意而又实惠的事。三苏祠素有“三分水二分竹”的岛居之称，祠内沟渠纵横，池塘相通，且全都植荷养鱼。祠内当然是禁止钓鱼的，我们只能在每天早上、中午、黄昏三个时段偷偷去钓。钓鱼的地方也常常变换。严管的时候，我们就在外面沟渠里钓，如被人发现，也便于撤退；管理松懈之时，就不妨偷偷摸进祠内池塘中去钓，池塘边那些灌木丛是隐身的好地方。我们钓鱼的工具，都是因陋就简——砍一根竹枝算是鱼竿，鱼线就是一般的家用缝纫线，浮漂则是用鹅毛杆或鸭毛杆剪的，只有鱼钩是正宗的，不过也只是两分钱一只的便宜货。钓鱼前，我们先是抓几把米分几处撒下“窝子”，待“窝子”发作时，再将蚯蚓穿在鱼钩上作为诱饵，垂入水中，然后静静地等待鱼儿上钩。三苏祠的鱼很好钓，时有巴掌大的鲫鱼活蹦乱跳地出了水面，运气好的话，半天可钓上两三斤。可别小看了这些鱼，在猪肉紧张只能凭票供应的当时，该是一家人多么丰盛的一顿免费“牙祭”啊！

除了打鸟、钓鱼外，在三苏祠还有些乐趣值得我们去玩耍，去冒险，戳树叶、捡柴火算是一桩。当时，眉山城区还没有蜂窝煤供应，家家户户煮饭都烧柴火。为替家里节省开支，我们便看好了三苏祠。那里大树小树枝繁叶茂，特别是夏天一场大风大雨过后，遍地的折枝落叶，晒干后都是上等的好柴火。进三苏祠捡柴火，往往是早晨天麻麻亮时就出门，快手快脚，用铁丝戳几串落叶，捡几捆枯枝脆条，然后神不知鬼不觉地就往回走。往往进了家门，父母的梦还没醒呢！

这些事情，一晃已过去五十多年。现在回想起来，我们这群孩子当时不是胆大妄为，就是懵懂无知，竟敢在供奉着一代大文豪的文学圣殿内顽皮撒野，真是不知天高地厚。但是，东坡先生似乎并不计较我们这群孩子的调皮顽劣，相反，他还慷慨地喂养了我们的童年，以他故居林中的鸟，水中的鱼，以及参天大树上一片片金黄的落叶……

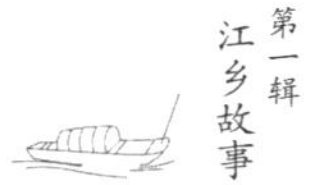

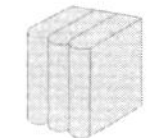

少年戏水小石堰

小石堰位于老眉山城西北城墙外，是古眉州十四堰之一。

20世纪六七十年代，小石堰是眉山城里的男孩子们戏水游泳的欢乐池。

那时，眉山城里没有游泳池，要游泳只有到岷江等大江大河里去。但一到夏天，几场暴雨后，岷江江潦暴涨，洪水滔滔，敢下水者寥若晨星。而且，几乎每年都有会水好手在岷江里淹死的。

小石堰堰河不宽，水也不是太深，因此深得孩子们的青睐，家长们也比较放心。

小石堰游泳区分为两部分，一是大堰河沟，宽三四十米，深两米多，中有一道闸门，我们称之为大池子。二是闸门下方有一个石砌的水池，四五十平方米，蓄水时只有齐腰一般深浅，我们称之为小池子。

大池子适合会水善游的大孩子们，小池子则是初学者戏水学游泳的天地。

那时，我家住在眉山城下西街，离小石堰步行就十来分钟。出眉山城西门，跨过一条公路，向北再转西，穿过一片田野农舍就到了。七八月时，我几乎隔三岔五就要到小石堰去游泳。一到下午4点左右，阳光不那么毒辣了，我们就呼朋引伴，相约去小石堰。经常一路的有弟弟小川，邻居赵炳乐、赵炳玉兄弟，何志平、何志华兄弟，丁志勇、徐文钦、万小红、赵晓忠、辜老六、徐国忠等。

在小石堰，我们这群十岁左右的孩子，算得上是“浪里白条”，在大池子争相表演仰泳、潜泳、自由泳、踩水，爬上三米多高的闸台上栽“蛙式”，跳“深水炸弹”，玩得不亦乐乎。

据同学赵晓忠讲，他第一次上闸台跳水时，曾吓得不知所措。当时他十二三岁，看见别人在闸台上跳水跳得欢，也想上去跳。他攀着闸台边上的铁梯，上到闸台，走到边上一望水面，顿时觉得好高，头直发晕。他有些害怕，便打了退堂鼓，想循原路下去。可走到旁边一看，竟寻不到下去的铁梯了。原来，闸台上面的预制水泥板，比下面的墙壁要宽，他的腿怎么也够不着铁梯。没办法，他只好选择跳下去。他走到边上，在同伴的鼓励下，闭着眼睛，屏着呼吸，一个蛙式栽了下去。当他冒出水面时，台上台下的同伴们，都为他的勇敢鼓起掌来。

当时，我们这群孩子最大的愿望，就是拥有一条红色三角游泳裤。买不到，就偷家里的红布自己做。也不知是啥理由，反正穿上红色泳裤，下水就感觉特别有底气。

三伏天酷暑时，我们有时一天要去游两三次。回家路上，挂在头上的红色游泳裤还没干，如果碰上别的同学或朋友，就

索性陪他们再去一次。

当然，游泳之余，我们这群孩子也会干些损人利己的“坏事”。

记得一年8月的一天，我和几位小伙伴游泳后已近黄昏，回家路过一片玉米地时，发现玉米棒长得饱满硕大，已吐出紫红色的玉米须，那是成熟的标志。见四下无人，我们便掰了几个，到附近的河边上，捡石头垒灶，生了火烧来吃。

正当我们吃得津津有味时，一个扛着锄头的大人发现了我们，并吆喝着赶过来，叫我们不准玩火，我们吓得赶紧踩了火灶，扔了玉米，然后作鸟兽散。

还有一次，我和邻居辜老六游泳后回家，路上听竹林里有画眉在叫，便掏出自制的弹弓准备去打。那时，我们的书包里，没装几本书，却装了不少弹弓、石子。辜老六是我邻居中的“神弹手”，尤其是打鸟，二十米开外说爆头，不会命中胸部。他甚至能打飞鸟，就像今天体育比赛的打飞碟一样。

走到竹林下，那群画眉突然就飞走了。这时，附近农家屋后一棵皂角树的树梢上，又传来一只山和尚的叫声。山和尚，学名棕背伯劳，是一种喜欢独来独往的鸟，有“雀中猛禽”之称，头顶至上背呈灰色，弯钩嘴，长尾巴，与画眉一般大小，打下来可炒一盘肉打牙祭。

我跟着辜老六蹑手蹑脚走到皂角树下，山和尚没有发觉，依旧在树梢上唱歌。辜老六的弹弓早已备好石子，只见他瞄准山和尚，拉开皮条，“啪”的一声，石弹正中山和尚胸部。

正当我们满地寻找落地的山和尚时，突然，旁边农家院子里窜出一条土狗，低声吠着向我们扑来。俗话说，咬人的狗不

叫。我俩吓得拔腿就跑。那狗追了我们好几道田坎才作罢。

回家路上，我们才发现，打下的鸟没到手不说，我俩心爱的红色游泳裤也跑丢了。

一晃五十多年过去了，那条曾给我们带来童年快乐的小石堰，如今已面目全非。城市早已跨过城墙，吞噬原野，原来满目的竹林茅舍、田园风光，早已被冰冷的“水泥森林”覆盖……

一幅字交上华盖运

1976年7月的一天中午，吃过午饭，我正在知青点的宿舍里用废报纸练毛笔字。院子里传来生产队队长的声音：“知青们，公社王书记来看你们了！”

话音刚落，王书记已经进了我的屋门，一道的还有公社的两位年轻干部。

之前，我认识王书记，是随大队宣传队到公社演出的时候。

一阵寒暄后，王书记站在小桌前认真看我写的字，那是一幅鲁迅的诗《自嘲·运交华盖欲何求》。当时，我手头只有一本女书法家周慧珺的行书字帖《鲁迅诗歌选》，我便经常以此临帖。

那天，也是鬼使神差，我写字刚好选择了鲁迅这首《自嘲》诗。

他边看边点头，但并未多说话。过了好一会儿，他把我拉到外面屋檐下，小声对我说：“你愿不愿意去教书？公社初中正好缺教师。”

我不假思索地答道：“当然愿意。”

王书记说：“那好。公社党委还要研究一下，你在家等通知。”说完，便带着一行人走了。

说实话，那时的我正徘徊在人生十字路口：要么老实干活，争取早日离开农村；要么像有的知青一样，自甘堕落，做个知青混混。其时，我正诸事不顺。今天，王书记如同贵人降临，果真能让我交上“华盖之运”吗？

我是1974年6月18日下乡的，插队在眉山尚义公社人民八队。也曾每天起早贪黑下地干活，也曾参加大队宣传队四处演出挣工分。下乡第一年年终决算，我居然没倒补，还进了钱。

但一年后，形势生变，谣言四起，什么“三年不招工、五年不招生”，等等。一段时间，知青中自暴自弃、偷鸡摸狗的事情屡有发生，弥漫着一股无望的气息。

一天下田打谷子，我和大队红鼻子队长被分在一起干活。休息时，他公然向我索要一辆“凤凰”牌加重自行车。当时，这种自行车要200多元一辆，父母每月的工资才20多元，而且还要凭票。我不敢答应他，说回家问问父母再说。

这件事自然不会有下文。于是，好长一段时间，我都提心吊胆的，唯恐大权在握的红鼻子会拿小鞋给我穿。

过了不到半个月，果真喜从天降，公社的通知来了：调我到尚义公社中学做民办教师。

我自然是喜出望外。当时，民办教师虽然月薪只有9块钱，但不用日晒雨淋，不用面朝黄土背朝天，而且衣食有保证，我是连做梦都会笑醒的。

经过在眉山师范学校一个月的岗前培训，1976年9月1日，我到尚义公社中学上班了。

走上讲台，我才发现这教师也不是好当的。其一，我一个高中毕业生教初中生，师生年龄差距不大，有人直接就笑我是“娃娃头”。其二，学校教师大多数是师范学校专科毕业的，有几个还是名牌大学的本科毕业生，我一个蹩脚的高中生，自然压力山大。其三，本来叫我只上语文课，当班主任，可不久又给我加了音乐、图画和体育课；数学本是我的软肋，还安排我代了两个月的数学课。我白天走马灯似的转场，晚上作业堆成山，还要备几种不同类型的课。其四，说我字写得好，还让我承包了学校的板报和各种标语口号的书写。

我成天忙得不亦乐乎，连星期天也赔进去了。幸亏我当时年轻，身体素质好，不然早就累垮了。

一学期以后，我渐渐轻车熟路上了手，受到学生和家长的欢迎，学校领导也信任且满意。

一次，县教育局来学校组织教师进行业务考试，我出人意料地考了语文科的第一名。

1977年9月，恢复高考的消息传来，得知民办教师也可参加高考，我和学校的几位民办教师都很兴奋，准备去试一试。当时，眉山是全省的高考试点县之一，考生要参加两次考试。先要参加一次县上组织的预选考试，过关后才能参加正式考试。

预考和正考的时间分别定在10月初和10月下旬。

预考我顺利过关，接下来准备迎接正考。因时间紧迫，我去向校长请假回城复习半个月，校长先是劝我不要去参加，说读了大学还是教书，没必要。后经不住我软磨硬泡，便同意给我一周的假。

回城后，因数学是我的软肋，便请了眉山中学的陈保全老师辅导。政治和史地自己复习，语文干脆就不管了，我毕竟是个初中语文教师。就这样昏天黑地复习了一周，回到学校，离正考就只有几天了。

10月26日上午，我走进设在多悦高中的高考分考场。第一堂考语文，记得作文题目是“红心似火”，我洋洋洒洒写了近千字。

下午考政治，也自感轻松顺利。

可第二天上午的数学，却给了我当头一棒。除前面的填空题和因式分解题外，其他方程几何类的题，我几乎全都找不着北。我本不是学数学的料，一个星期的恶补，基本无济于事。

下午的史地考试，我情绪坏极了，脑袋始终是耷拉着的。

考试结束后，我几乎断了上大学的念头。当年的考试，不通知成绩，我究竟考了多少分，也无从知道。于是我便定下心来，每天备课上课，不再想上大学的事了。

就这样一直到第二年春季开学，即1978年的2月中旬。一天中午，我下了课正在食堂吃饭，弟弟刘小川骑着自行车来了。他是从城里骑了二十里地来的，一身尘土。我问他来干啥？起先他还卖关子，之后突然从包里掏出一个牛皮信封，说是录取通知书，寄到城里家中的。我打开一看，是南充师范学院中文系的录取通知。顿时，在场的同事们都欢呼起来，为我高兴。

校长王志勋说，真舍不得我离开！

当时刘小川没有考上，他高中毕业后也参加了那次高考。不久，他去了县印刷厂上班，同时开始了他几十年如一日的读书写作生涯。

不久我才知道，这次高考，眉山县共录取了一百多名大学本科生，录取比例1/200。进了学院我才得知，我的语文、政治、史地成绩考得还不错，数学只得了十五分。

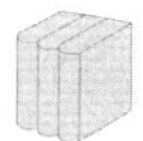

眉山中学：我的师生缘

离开眉山中学，一晃十七年了。

我与眉中，应该说是缘分不浅的——既当过学生，又做过教师。学生两年，念高中；教师八年，教语文。今年眉中百岁华诞，我年届五十，恰是她的一半。以五十未老先衰之躯，望着她那百岁健朗不废之身，有一种难以言说的情绪暗涌于心。

在红心中学做学生

1971年，我十四岁，那年夏天在眉山民办初中毕业后，因未满下乡当知青的年龄，被安排到红心中学念高中。当时，红心中学是由眉山中学和眉山一中合校而成的一所完全中学，校址在今天的眉山一中。我很幸运，初中全班同学中，仅我一人上了高中。

本来，我对上高中没抱多少希望，按当时的政策，反正毕业后还得上山下乡，迟两年而已。但在高中两年，我有幸遇到了一批好老师。他们的出现，令我灰暗的心境豁然开朗。

先说说彭宗林老师。彭老师教语文，第一堂课就令我惊愕不已。他仪态雍容，讲课引经据典，文采飞扬，且张弛有度，加上一手漂亮的板书如雪舞夜空，磁石一般牢牢吸引了我。很长一段时间，我像小孩盼过年似的盼着听他的课。毫无疑问，我的文学和书法的启蒙均源于彭老师。记得在毕业前，他把我的一首小诗推荐给县文化馆的徐康老师，然后在《眉山文艺》上发表了。那是我写的第一首诗，也是我第一次变成铅字的作品。虽然那首诗本身微不足道，但对一个尚处于懵懂时期的少年，其意义不言而喻。

再说说王岳庭老师——我的班主任兼数学老师。他是上海人，华东师范大学毕业后支援内地而到眉山教书的。他的数学课讲得深入浅出，很具启发性。我本对数学没多大兴趣，且基础也差，但在他的循循善诱下，居然能在毕业考试中及格，这是我始料未及的。作为班主任，王老师颇具组织才能，把同学们的课余文娱体育活动搞得有声有色，像个温暖的家。他则像个家长，清癯的脸，戴一副近视眼镜，在一旁看着活蹦乱跳的孩子们，开心不已。

还要提及的是教化学的王德茹老师、教政治的张家英老师、教俄语的王玉文老师、教体育的马俊成老师等，我在他们那一座座蕴含丰富的矿藏中虽只拾得散珠碎玉，却令我受益无穷。

在眉山中学做教师

1982年春，我在南充师范学院中文系毕业后，被分配到眉

山中学做语文教师。当教师，我并非第一次。在下乡当知青时，我就在尚义公社中学做过两年民办教师，虽然当时肯定是一个尚不知教和学为何物的稀里糊涂的教师。

做一名教师并非易事，正如一位西方哲人所说：教难于学。也就是说，做教师比做学生难。为什么？这并不是因为做教师必须腹笥宏富，常备不懈。而是因为教所要求的是：让学生学。教师要求学生去学的东西，首先就是学本身，而不是别的什么东西。因此，教师要学的东西，比学生要多得多——他首先得学会让他们学。面对同一本教科书，做教师的比做学生的更加没有把握。如同开锁，教师不可能交给学生一把把现成的钥匙，而是要让他们学会配制一把把钥匙；教师除了自己要学会配制钥匙外，还得学会怎样让学生学会配制钥匙。从这个意义上讲，一个教师不是一个万事通式的权威，不是一个只懂得“传道、授业、解惑”的高高在上的教授，而是一个能够使自己不断适应学生的谦卑的学者；教的过程也不是一个简单的输血似的施受过程，而是一个让教和学同时发生的互动过程。只有懂得教师与学生、教与学之间的这种本真关系，才有可能做一名合格的教师。可以这样说，教书是看似简单却最费力气的一门手艺活。

眉中八年，我除了认真备课上课和全批全改作文外，从不拖堂和补课。记得我教的第一届初中毕业班会考前，教导主任丁日寿很不放心，连着几天找我谈心，说能不能补一下课。我说：“丁主任，你放宽心。不用补，考试绝不会有问题。”会考成绩出来后，我教的两个班的语文成绩，均居全县第一。当时，我第一时间给他打电话报喜，他舒了一口长气，说他昨夜

通宵失眠，担心着呢，这下一块石头才落了地。

但是，作为一名真正的教师，我能否算是合格，真还得打个问号，虽然我曾经尝试过去学。

比如在课堂教学中，摈弃“填鸭式”“满堂灌”，尽量采用活泼多样、富于启发的教学形式，在学生中兴办“百坡亭文学社”，以开阔学生视野、激发学语文的兴趣，等等。

但当时我年轻浮躁且心有旁骛，这些尝试显然缺乏专注之思和全身心投入，其成效也就大打折扣了。

做一名教师无疑是件高尚的事，因其有较高的纯度和相当的难度，所以高尚。做一名教师也是件快乐的事，他和学生之间如同农夫和土地之间，更多的是一种照料、保养和共进相长的关系，有着春种的辛劳，更有着秋收的快乐。当然，并非所有从事教师这门职业的人，都能珍视这种高尚和获取这份快乐，特别是在用商业化眼光打量一切的今天。

如果说人生有不少追悔莫及之事的话，我此生最大的后悔，也许就是抛学弃教而离开那方圣洁的讲台了。

2007年7月20日

曹八孃的米豆腐

丹棱自古是眉州属县，历史悠久，有“千年古县”之称，不仅文化名人多，而且美食也多，尤其是传统小吃很有地方特色。记得2015年春，我与一群诗人作家朋友到丹棱采风，曾写过一首打油诗，题目叫《小城美食》：

冻粑出屉家家乐，羊肉炖汤碗碗香。
白宰鸡啖刘麻子，米豆腐夸曹八孃。

别的暂且不表，今天单说说米豆腐、曹八孃。

曹八孃米豆腐店位于丹棱城的土主街，一条很僻静的小街。两间门面，七八张方桌，门檐上一块“四川老字号”的店招，墙上满挂省、市、县各级颁给的各种荣誉奖牌。厨间设在店门左边，曹八孃亲自掌灶，只有一位小姑娘给她打下手。

曹八孃本名曹玉琼，已七十多岁了。米豆腐店开业于1910年，是曹玉琼的母亲开的，她才是真正的曹八孃。曹玉琼十三岁开始跟着母亲学手艺，经年累月，将米豆腐等小吃做出了名堂，从此声名不胫而走。今天的丹棱人似乎忘了她的本名，都亲切地叫她“八孃”。据说，过去丹棱曾有上百家米豆腐店，星移斗转，物竞天择，如今只剩下“曹八孃”一家了。

米豆腐是川、渝、湘、黔、鄂等地的传统风味小吃，原料主要是大米和黄豆，经过浸泡—磨浆—煮制—成形，共四道工序制成，再对其进行改刀和调味，加入姜汁、蒜泥、葱花、盐、酱油、白糖、醋、味精、红油等调料即可。

曹八孃米豆腐的特点，一是色泽如玉雕冰砌般晶莹透亮；二是闻起来有稻米的芳香；三是入口细嫩有韧性，口感特别好；四是配制有祖传的十四种调料，其味妙不可言。不用说，曹八孃米豆腐可以同时满足你的视觉、嗅觉、味觉之需，还会勾起你记忆深处一缕淡淡的乡愁……

曹八孃不仅米豆腐做得好，而且为人热情，讲求诚信，个性鲜明。她的米豆腐每天定量供应，绝不多做一碗，有时下午6点不到，她就打烊了；在她的店里候餐，要有耐心，不要催，因为顾客多且配制调料等她都要亲力亲为；还有最重要的一条，即她对出堂食品的质量要求近乎苛刻，绝不敷衍，同时容不得有人对她的米豆腐指手画脚，说三道四。

一次，我在她的店里吃热凉粉，快吃完时，她走到我身边，问我凉粉烫得如何？我说稍粑了一点。她二话没说，马上宣布我的凉粉折半收费，而且再三道歉，说是她的助手火候没掌握好，她本人忙得忘了提醒。

还有一次，我和妻子周曦鸣到她的店里吃米豆腐。妻子是第一次去，便对她说：“米豆腐、热凉粉、糯米凉糕等每样先来一碗尝尝。”没想到曹八孃马上就没了笑脸，扭头道：“没有了，都卖完了。”明明灶台上还煮着一锅凉粉，怎么就说没有了呢？

好一会儿，她才正色大声说：“我曹八孃的米豆腐，从来不是给人尝的。”

我一下子明白了：说者无心，听者有意。妻子那个“尝”字，伤了曹八孃的自尊心。百年老字号的曹八孃，从来声名在外，有口皆碑，岂能疑字当头，先“尝尝”再说！我赶紧打圆场，向她赔不是。她才脸色放晴，笑着对我说：“还是你会说话，我只卖给你吃。”

如今，曹八孃米豆腐不仅名扬丹棱，而且外地慕名专门到丹棱品味者不绝如缕，甚至有吃客打包乘火车、坐飞机，使其香飘省内外。

曹八孃米豆腐还有一个特点，就是只此一家，别无分店。曾有人问曹八孃：“你的米豆腐做得那么好，为啥不到眉山、成都等城市开分店，赚大钱？”

她笑道：“我的根在丹棱，曹八孃米豆腐的根也在丹棱，离开了这方水土，还会有曹八孃米豆腐吗？”

2016年6月20日

我为什么吐槽空调

我居家的周遭四围空调泛滥。

在上千户住宅的外墙上，没有醒目地悬挂着那种宝贝玩意儿的为数极少，我家便是其中的“寒碜者”之一。

这并非经济承受力的缘故，也与时人所谓“不懂生活”“不解时尚”之类无关——我是无福消受它，从体表的每一个毛孔到体内的每一根神经纤维，都本能地排斥它，拒绝它。

每当我无可奈何地长时间待在空调屋子时，总是免不了唇干舌燥，胸闷气憋，浑身上下不自在。特别是两个膝盖骨，先是发冷，继而隐隐酸痛，到后来干脆就麻木得近乎失去知觉。待终于可以起座离开时，两条腿已疑非我所有，非得轻揉慢搓半天，待筋骨血液渐渐舒活才行。直到今天，只要一进入空调开放的房间，我便心有余悸地不敢滞留——“空调综合征”又变成“空调恐惧征”了。

之所以拒绝空调，当然绝不仅仅是这些纯粹的个人体验。

作为人类现代技术的“宠儿”和挑战自然的“杰作”，关于空调，我知道的不多，也不想知道。但是，作为地球气候的一个“非法制造者”，作为我们四时之神庇护下的自然家园的一个“陌生入侵者”，其“温柔体贴”表象遮蔽下的“软刀子”本性，则是不言自明的。

在今天这个被庞大的空调“占领军”铁壁合围的世界，我常常怀念儿时那个单纯自足，无限亲近生存本源的自由天地。

20世纪六七十年代，在我们这个地处亚热带湿润性气候的川西平原上，天自湛蓝，水自纯清，夏无酷暑之烦，冬无严寒之苦，四季运行分明而本质。令今天包裹在温巢暖窠中的孩子们难以置信的是，那时的孩子，夏天里下河游泳，上树捉蝉，戴着太阳满世界疯跑，却很少有热出病来的。即使是在一年中最热的三伏天里，一把竹篾扇，一碗老鹰茶，竹林里、树荫下寻幽访风，便足以消暑祛热，身心俱抵达清凉境界。至于冬天，不少孩子单衣单裤加一双布鞋就能从容度过，似乎用不着棉袄棉裤、手套绒帽之类。就算是隆冬腊月，天地间风雪肆虐，捧一把几分钱一斤的木炭，或抱几根随处可拾的柴火，放进火盆里，一家老小向火而坐，满屋子便暖意融融了。

那时，谦卑和虔诚的我们，对日月星辰的周行不殆心存敬畏，肌肤承受着风霜雨雪的洗礼滋润，心灵体验着春夏秋冬的流转幻化，原始、单纯的生存贯穿日常生活的全部过程，人自身的存在整个儿与多元素的自然生生相融。人与世界，人与生命万物，就是没有主仆之分的亲密无间、不可剥离的一个整体。

空调在调节人类局部“小气候”的同时，难辞其咎地扰乱了整个自然世界的“大气候”。人一旦沉溺于这种“人工气候”，就再也无法适应自然气候；而自然气候因人为破坏越是变得极端，变得乖戾恶劣，人便越是依赖于“人工气候”——我们是不是已经进入一种恶性循环的怪圈了呢？

就别提它带给我们的污染和疾病……

别提它带给我们的巨大资源消耗……

别提它向我们的天空释放大量的热能，撕裂我们赖以生存的“臭氧层”，制造可怕的“温室效应”，带给我们无穷的不可逆转的后患了……

其实，我们是完全可以不需要空调这劳什子的。

我曾在一幢旧楼的一个小套间里住了整整十二年，东西朝向不说，还是顶层，人称“三明炙”。每年的7月和8月，从日出到日落无间断地被高温烘烤，确实热得够呛。但我们一家人并未求助于空调，仅靠一台鸿运电风扇就挺过来了。

令人不无隐忧的是，今天不少人已经对空调之弊洞若观火，可就是不愿做根本的反思，不愿舍方寸之小利而取衡宇之大义，甚至自觉不自觉地助纣为虐，被裹挟进一种越来越张狂的以大自然和人类自身为对象的毁灭性群体暴力之中。

在空调温软之风的阵阵吹拂下，我们如针锥芒刺般地感受到的是人的短视和愚蠢，以及在“享乐”“征服”等旗帜导引下的私欲大膨胀。

当我们在空调“温情脉脉”的服侍下，委身于它所伪造的另一个“冷暖怀抱”，心安理得地享受着狭小空间的舒适惬意时——我们古老的生命源泉是不是正在遭遇堵塞？那个曾经与我们彼此共在的原始的世界是不是正向我们缓缓关闭？

当我们一次又一次从一座空调房子出来，钻进一辆空调汽车，再躲进另一座空调房子时——我们是在逃避什么？我们又是在亵渎什么？我们会不会因窝在水泥和钢铁的蚌壳中而丧失了应有的脚下的坚实？我们会不会像一片行将衰老枯萎的秋叶，随时可能被神性之风从其母体上无情摘掉，再也寻不到根蒂，再也无家可归？

空调可以改变我们环境的气流和气温，可以替我们营造“冬暖夏凉”的恒温空间，却永远不会向我们提供诗意的春天，不会向我们播洒生命的阳光，更不会给我们的心灵以真正的温暖。

2016年8月18日初稿，2022年7月20日酷暑重写

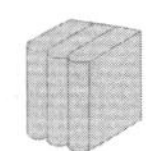 申申曼抓周记

2016年9月27日，是外孙女申申曼一周岁生日。25日上午，按传统习俗，家人为其举行了一个简单的抓周仪式。

所谓抓周，也叫试儿、试周。是中国周岁礼中一项重要的仪式，早在南北朝时期就开始在民间流行。抓周仪式上，通过准备一些具有象征意义的物品，让孩子自己选择，以此来推测其未来的职业倾向或者性格特点。

客厅里的爬行垫上，早摆放了十多种物品，有玩具汽车、皮卷尺、直尺、口琴、计算器、字典、乒乓球、魔方、手链、大蒜、葱、核桃酥和一张一百元的人民币。

申申曼的爷爷奶奶、外公外婆、姑爹姑妈等七八个大人，都围在客厅里做观众，其父申炜负责照相。

上午9点46分，抓周开始。申申曼由母亲刘晚照抱到垫子上，刚一落地，她便径直爬向垫子中央。

大家全神贯注，看她第一个要抓的是什么。

没想到，她毫不犹豫地抓起了面前不起眼的皮卷尺，摇了

一下，很快就放下。然后，她扫视了一下面前的东西，迅速抓起了白色的乒乓球，放到一旁后，她又抓起来计算器，在上面按来按去（估计以为是手机）。接下来，她又先后抓起来口琴、玩具汽车、大蒜、字典、手链、钢笔等，尤其是那把口琴，她还抓起来两次。但奇怪的是，对那张花花绿绿的百元人民币，她自始至终视而不见，压根儿不予理睬。

这意味着什么？一家人都十分疑惑，这孩子今后将对钱财不感兴趣？她会视金钱如粪土？抑或是因为不缺钱，对钱毫不在意？

噫嘻，抓周试儿可信乎？聊博家人一乐乎？

诗云：

曼曼抓周不爱钱，只好乐器与电算。
莫道此举乃儿戏，从小看大非虚言。

2016年9月27日

第二辑

江乡斯文

天赋芳名话眉山

如同孩子渴望探究母亲的身世一样，没有人不想了解生他养他的家乡的历史。

作为一个眉山人，作为家乡母亲千千万万孩子中的一员，关于她是怎样赢得“眉山”这个芳名，又是怎样从童年的摇篮里一步一步走到今天；关于我们的祖先是怎样植根于这片土地，播种希望，耕耘人生，又是怎样把他们的梦想和血液一起，一代一代地渗入我们的肉体我们的灵魂，使我们的生命基因鲜明地烙上眉山人的印记……这一切，仿佛一个个色彩斑斓的谜，让我们时时念叨，常常魂牵梦绕，并诱惑我们迫不及待地去揭开谜底。

无语的岷江水从远古流到今天，就像眉山人血管里的血。

远在大约四千年前，相传大禹驯服洪水，分天下为九州，这块土地便是属于其中的梁州了。

那该是怎样的岁月呢？那情景虽再难寻求，却悠悠的令人遥想。你说，有什么能比肥美的土壤、宜人的气候和灵秀的山

水更吸引人，更留得住人呢？造物主似乎心有偏爱，把这些条件毫不吝啬地全给她了。

人要生存，水是不可须臾缺少的，恰好，就有岷江水蜿蜒流来，由北而南，仿佛善解人意似的，又如玉带一般地从她身上缓缓拂过。你尽可以想象，江水流得悄无声息，恬静而又温柔；宽阔的江面上有日月沉浮，也有清歌荡漾——那歌声，你就分不清是出自鸥鸟的歌喉，还是出自渔家女的甜嗓。

蓝汪汪的江水中，鱼自然是多极了，也肥极了——不必怀疑，渔人的锅里和梦里常常都是喷喷香的。

沿江两岸，则是平展展的原野，密匝匝的林子。当然也有山，但不高，而且全都宛如小姑娘那般灵巧秀气。

大约因为岷江这位生命保姆的哺育，一切都长得那么茂盛，那么可爱——夏日浓绿的树木和秋天金黄的稼禾。不用说，我们的祖先是勤劳又极富智慧的，但这片土地也实在太坦荡，太有灵性，太钟情于主人了。

江山如有待，花柳自无私。这片出奇富饶的土地以它巨大的魅力，吸引着更多的人前来安居落户，繁衍生息，历朝历代绵延不绝。

周武王时曾属蜀国，到了春秋战国，成为蜀侯蚕丛的领地；秦武王时，置身于蜀郡的怀抱；到汉时，则属犍为郡武阳县……

岁月逶迤，农业日趋发展，商业渐渐繁荣，岷江两岸人烟日见稠密，于是，沉寂的村落演变为喧闹的墟镇，文明的进程无可遏止地展开在这片土地上。

东汉时期，在今天眉山城东北，一座新兴的城市应运而生，人称“洛城”。那是一座永远令人玄想的城市，因为时至今日，它早已被岁月的泥沙所封存。

到了晋代，在今眉山城东面又崛起一座“裴城”。同洛城一样，这座城也早被时间之手抹得了无痕迹。不过，在历史老人混沌的记忆里，关于它是怎样诞生的，倒是有蛛丝马迹可寻。

那可真算得上是一个鬼斧神工的奇迹。

相传，当时有个姓裴的男人，叫什么名字和干什么的都无从稽考。姓裴的一天突发奇想，要自己筑一座城，而且不要白天动工要晚上干，个中原委也没人说得清楚。一天晚上，他果真趁着沉沉黑夜干了起来。毫无疑问，那是相当艰辛的一场夜战。其中的具体细节，迄今是个谜。反正，第二天破晓，一座新城便大功告成，奇迹般矗立在平地上。姓裴的自然成了众人仰慕的英雄，这座城市也就以他的姓氏命名了。

不能不说，当年这位英雄的神工鬼斧，正是我们祖先智慧和才能的一种传奇似的表述。也正是他们，把生老病死、婚丧嫁娶连同人生的全部意义，都牢牢系在了这片土地上，世代相传地，辛劳而又执着地，把绵绵密密的日子精心梳理成为一部宏大的创业史。

萧齐建武三年（496），距今一千五百多年，在今天眉山城北面二十里一个叫龙安铺的地方，又出现了一座名叫“齐通左郡”的城池。过了六年，始置齐通县。约莫近半个世纪后，到梁武帝太清二年（548），齐通城以其蜀西南要冲的战略位置擢级升位，而成为州治所在。因青衣江穿州境而过，所以命名青州。于是，州、郡、县共在一城，蔚为大观，成为方圆数百里的政治、经济和文化中心。

仅仅五年后，一场变故突如其来，西魏入据蜀地，废青州之名，换上了一个响亮的名字——眉州。那是西魏废帝二年（553）。似乎应该说，这个新州名的诞生，在我们家乡的历史上具有里程碑的意义。好像没人知道这个州名是谁取的，但为什么要取这么个名字，便是不无缘由而且是耐人寻味的了。

原来，州城西南方向一百多里的地方，有一座峨眉山，得名于《诗经》“螓首蛾眉，巧笑倩兮，美目盼兮”。《峨眉郡志》云：“云鬟凝翠，鬒黛遥妆，真如螓首蛾眉，细而长，美而艳也，故名峨眉山。”

那是一座巍峨雄峙又秀美绝伦的名山，一年四季峰峦拥翠，林木幽深；朝朝暮暮云烟摩荡，奇景幻象纷呈叠现，变化无穷，从来就是为天下人景仰、膜拜的圣地。

每当天清气爽之时，在眉州城登高远眺，那屹立云表的峨眉三峰便会向你呈现朦胧的起伏、隐约的巍峨，让你悠然神往，牵出许多奇思妙想。也是天意，这座造化钟灵的名山恰好安排在州境圈内，目接神遇间，似乎就有灵气可掬，秀色可餐。再说，以大自然名山胜景来为地域命名，是不是体现了一种高雅的审美情趣呢？是不是又还寄寓了什么深邃的象征意义呢？这奥秘，仿佛早已深藏在这块无声的土地里，是诱人想象的，却又是妙不可言的。那么，我们就只能这样说了，眉州得名，是地成天赋，是大自然神圣的赐予，是一缕悠悠的缘分。

但是，历史的长河又总是诡谲多变、波澜起伏的。在那以后的四百多年间，这块土地犹如汪洋中的一座小岛，历经沉浮，阅尽人世沧桑。曾先后设置过嘉州、通义郡等；县名也屡遭变更，一会儿通义，一会儿安乐，一会儿广通……翻云覆雨的历史使她饱受了易名之苦。直到北宋太平兴国元年（976），才改定县名为眉山。

这一年，实在值得我们每一个眉山人记取。从那时到今天，已历时逾千年，这块土地虽经无数次春秋代序、星移斗转，但眉山这个名字却始终沿用不废。

尤其是在北宋中期，这片含灵吐玉的土地孕育出了眉山人才华和道德人格的杰出代表一代大文豪苏东坡，眉山之名更是香飘万里，传遍神州大地。

走遍天涯海角的苏东坡，俨然一位卓越而无可替代的宣传大师，把他的诗文连同他家乡的名字一道，广播于天下的知识分子和普通百姓心中。特别爱戴他的人，还总是用他的家乡敬称他“苏眉州”或是“苏眉山”。毫无疑问，这对于东坡本人和眉山来说，都同样是一种难得的殊荣。

直到今天，苏东坡不朽的灵魂仍在这块古老的土地上翩翩起舞；他的名字和他家乡的名字已经水乳相融，血肉难分。毫不夸张地说，是苏东坡给了“眉山”这个名字以丰富的内涵和历久不衰的生命力。

从遥远的日子里穿过来，又向遥远的日子走过去，永远微笑着的眉山人就是这样血链相扣、代代相继地行进着。

正如同我们脚下这片土地一样，是古老的，又始终是年轻的；是历史的，又始终是日新月异的……

2022年10月微改

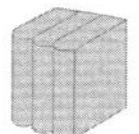眉山：诗书生活的传承与守望

南宋乾道九年（1173）夏天，四十九岁的诗人陆游，在赴代理嘉州知州之任途中，第一次到了苏东坡的家乡西蜀眉山。

在眉山，陆游登蟆颐山，游环湖，拜东坡像，结交民间学者，兴致勃勃地逗留了好几天。

他发现，这片位于岷江中游、峨眉山下的膏腴之地，不仅盛产香稻肥鱼、蚕桑绢帛和一种名叫“玻璃春”的美酒，而且盛产形而上的诗歌、书法，民间有一群优秀的诗人、书法家和饱学之士。其中一个叫师伯浑的隐者，特别让他眼睛一亮，并为之倾倒。

师伯浑是个诗人，同时是个书法家，喜欢酒后作书，人称“酒后作书的书坛怪杰”。陆游一见到他，就被他的才华和气质所吸引，与他秉烛夜谈后，更是引为人生知己。陆游在《师伯浑文集序》中这样高度评价他：“乾道癸巳（1173），予自成都适犍为，识隐士师伯浑于眉山，一见知其天下伟人。”

同时，他还发现，眉山不仅诗人、文士、学者众多，而且

是一座有着悠久传统的诗书之城。自唐以降，从孙氏的万卷书楼烛照眉山这片土地始，陆游分明看见了一条清晰的文化轨迹，薪尽火传，代有人出，在两宋三百年间形成鼎盛态势，出了八百多位科举进士和一大批诗人文士不说，而且还出了像苏东坡这样的大诗人、大文豪，连宋仁宗也感慨："天下读书人皆出眉州。"

在眉山这片土地上，陆游深深沉浸在浓厚的文化氛围之中，禁不住诗兴大发，脱口诵出"孕奇蓄秀当此地，郁然千载诗书城"的美誉。

说眉山是座"千载诗书城"，陆游当然不是酒后的溢美之词，也非诗人惯有的夸张，而是有着充分的史实和现实依据的。苏东坡曾在《眉州远景楼记》说："独吾州之士，通经学古，以西汉文辞为宗师。"宋《谯楼记》记载："其民以诗书为业，以故家文献为重。"

从唐代始，特别是两宋时期，眉山人劳作之余，普遍喜爱读书作诗。眉山人之所以有此雅兴，绝非为了附庸风雅，装潢门面，而是将其视为日常生活的一部分。杜甫说"诗是吾家事"，当时的眉山人，也把读书写诗看作如同春种秋收的农事一样，稀松平常。也就是说，这种现象，在眉山这片土地上，伴随着农耕文明的进程，是一种自然而然生长起来的生活方式。这并不是说眉山人气质上有多高雅，或者说在语言方面多么有天赋，我们中国有"十里不同天，百里不同俗"的说法，北宋当时的诸多州郡，有着不同的地理气候，不同的历史文化背景，人们也就有着不同的生活形态。眉山人不过是沿袭着自己的历史传统，选择了一种用诗书来丰富生活的雅好罢了。举个例子，苏洵的父亲、苏东坡的祖父苏序，就是一位典型的眉山民间诗人。

苏序平生有两大爱好：喝酒和作诗。他常常约一些诗友，或在田间地头，或在竹林茅舍，一边喝酒一边唱诗。他还是个高产诗人，据苏洵讲，他父亲作诗快得惊人，张口就是一篇，一生算下来有好几千首。而且他什么都写，上自朝廷郡县官府的大事，下至村野打鱼狩猎的小民，都一股脑儿装进诗中。苏序写诗，当然不为别的，我们只能理解为是一种本能的生命冲动，一种内在激情的喷发，外化为诗歌这种形式而已。

两宋时的眉山以诗书之名享誉海内外，那么，眉山人这条诗书生活的河流，是不是像悠长的岷江水一样，从古代一直流到了今天呢？江流天地外，山色有无中。应该说，历经千年，这条诗书生活之流，因天时人世的变迁，是时断时续、时隐时现的。

但到了21世纪的今天，在一批又一批有心者的精心筑造下，眉山人的诗书生活又承源续流，且翻波涌浪，渐呈春江浩荡之势。

当然，物换星移，时代嬗变，当代诗歌的形式和内容也发生了深刻变化。但是，祖宗传下来的汉字汉语没有变，我们民族的诗歌精神没有变，眉山人对诗书生活的挚爱与守望同样没有变。

在金钱当头、物欲横流，诗歌和诗人都被边缘化的今天，你会惊讶地发现，依然有一大群眉山人迷恋于诗歌写作。他们没被金钱和物质所占有，置身于一浪又一浪的时尚潮流之外，过着淡泊而不无充盈的生活。

他们既不张扬，也不宣称什么流派、主义之类的玩意儿，甚至很少把作品拿到市面上的大报刊上发表——尽管他们的诗，并不比一些冠冕堂皇的诗人的诗逊色。他们只是埋头读诗写诗，从内心深处重诗敬诗，痴迷于各种诗酒文会的雅集，热衷于彼此诗作的编印和交流。在我的书架上，就有几十种眉山本土诗人的诗集。他们的诗作，大多也和他们的做人和生活一样，简约、淡雅、朴素无华。这种现象，算不算是对古代眉山诗书生活的一种传承与守望？算不算是对当代眉山诗书生活的一种经营与筑造？我想，应是毋庸置疑的。

也许是出于一种对诗性语言的敏感，我读书写诗很早，少年时曾梦想做个诗人。可直到今天我才意识到，所谓诗人，不一定是写诗的人。有人一辈子不写一句诗，但他可能是个真正的诗人；有人写了一辈子的诗，却不能算是个诗人。他们之间本质的区别在于，是否诗性地生活。按德国诗人荷尔德林的话说，只有善良、纯真与人心同在，人以神性来度量自身，才会有诗发生，而这种诗意一旦发生，人才能人性地栖居在大地上。换句话说，诗与善良、纯真相关，作诗与本真地栖居相关，诗人与诗性的生活相关。否则，便是伪诗，便是伪诗人。因此，今日之我，对诗常怀敬畏之心，对诗人常有仰慕之望，对诗书生活则充满飞蛾扑火似的向往……

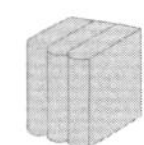行者苏洵与学者苏洵

说到苏洵，过去很长一段时间，我脑子里浮现的无非是两个形象：一个是背着行囊，骑马四处游历的“行者”苏洵；一个是枯坐书斋，浸淫于诸子百家的“学者”苏洵。这两个形象一动一静，把苏洵的一生截为两半，前后的苏洵也似乎判若两人。在写作《眉山苏洵——一代布衣名儒的人生素描》一书的过程中，我发现，事情远非如此简单。苏洵从“行者”到“学者”的“豹变”，有着非常特殊的内在联系。看来，《三字经》中“苏老泉，二十七，始发愤，读书籍”的评价，是过于概念化、简单化了。

纵观苏洵的一生，可明显分为三个阶段：一是从童年到二十七岁之间的废学游历阶段，二是从二十七岁到三十九岁之间的边读书应考边游历山川的阶段，三是从三十九岁后的苦学有成并文名满天下的阶段。粗略一看，享年才五十八岁的苏洵，就有三十多年的大好时光被白白荒废在“路上”。但苏洵的前半生，是不是就毫无价值呢？是不是就白活了呢？他的

“行者”生涯，与他后来写作的大量“博于古而宜于今”的文章，与他成为名儒大学者，是不是就可截然分开毫无关系呢？

我们知道，青少年时期的苏洵，虽然不喜欢枯燥乏味且指向科举考试的读书生活，但不像当时的一些纨绔子弟那样，不知读书，只好鲜衣美食、古董花鸟、梨园笙吹之类；也不像一些赤贫家庭的孩子，读不起书，就破罐子破摔，索性干些偷鸡摸狗、劫财掠货的下三烂勾当。他虽然不喜欢读书，却自有其痴心的审美追求和特别的倾情对象。

“少年喜奇迹，落拓鞍马间。纵目视天下，爱此宇宙宽。”这是苏洵四十多岁时写的回忆少年时期游历山川的诗句。少年苏洵天性喜欢搜奇猎异，常常把眼光投向头上的天空和脚下的大地，喜欢骑马四处游历，尤其偏爱名山大川。据苏洵自己说，从童年起到四十多岁间，除家乡眉山的山水外，他先后游历了峨眉山、青城山、长江三峡、剑门蜀道、秦岭终南山、西岳华山、中岳嵩山、江西庐山等名山大川，有些地方还不止游过一次。

当然，苏洵少年时期的喜游历，使他荒废了学业，也令他永远无法跨过科举考试这道门槛。从少年到壮年，苏洵其人常常“在路上”，其兴趣常常“在别处”，自然与科举考试渐行渐远。从十八岁到三十七岁，苏洵参加过大小四次科举考试，但每次都名落孙山，以失败告终。其间，虽然苏洵在家庭和社会的无形压力下，也曾先后被迫闭户读书将近十年，但一个落拓不羁、情系山水的人，一个手捧“子曰诗云”却心在高山旷野的人，怎么能与刻板僵化的科举考试制度实现无缝对接呢？

西方有位大思想家曾说，哲学应该始于“人生之心境情调”，那么，人生又何尝不应该始于对世界的好奇、惊异和敬畏呢？应该说，苏洵的人生起步，就始于对大千世界的好奇和惊异。

在做人做文上，苏洵与他的两个儿子，都主张“养气”。他们所说的“气”，是指一种完满充沛、强而有力的生命体验。它可以由道德修养、人格提升而来，亦可以由饱经沧桑的人生阅历而来。它是人格修养、游历天下以及丰富而曲折的阅历等人生经验，在人身上激发和积蓄起来的强大的生命能量。这种生命能量在人的心理层面上表现为一种激情，一种全身心的激活状态。而对于人的行为而言，则是一种无与伦比的强大内驱力。

我们知道，中国古代知识分子有游走天下、纵情山水和行万里路、读万卷书的优良传统。像屈原、司马迁、谢灵运、柳宗元、李白、杜甫等大师，无一不是因山水陶冶而诗文益发雄奇的。寻山问水，可以思接千载，视通万里；可以开阔胸襟，陶冶性情；可以磨炼意志，启迪神思。

苏洵青壮年时期，虽然行了万里路，却没有读遍万卷书，这对他来说，不能不算是一种遗憾。苏洵真正开始潜心读书，读有用之书，有目的地读书，是在他“绝意于功名，而自托于学术”的三十九岁以后。他以坚韧不拔的惊人毅力，以闭户苦读、“绝笔不为文辞者五六年”的精神，弥补了他童子功的缺失，并在他四十五岁以后，写出了大量“辞辩闳伟，博于古而宜于今”的有用文章。

我们今天读苏洵的文章，特别是他的论说性散文，如身凌绝顶，有一种俯瞰古今的壮阔之美；如驰目旷野，有一种丰俭适度的自然之美；如观山川布列，有一种刚柔相济的和谐之美；如俯仰宇宙之间，有一种对立统一的平衡之美。这与苏洵从小就亲近大自然，眷恋大自然，阅读大自然不无关系。毫无疑问，正是得益于少年的山川壮游，苏洵才开阔了视野，陶冶了性情，磨砺了意志，锤炼了思想，才锻造出了一支能够模山范水、排山走浪的如椽之笔。毫无疑问，正是得益于少年的山川壮游，广涉各地的风土民情，苏洵才有可能激发出对世界对生活的美好想象，在其文章中才有了对治国安邦的严肃思考和设想。假如，苏洵从小就是个乖孩子，也认真埋头读书，也顺利地通过了科举考试而成为一名朝廷官员，也许我们看到的不过是又一个苏涣而已。但苏洵就是苏洵，他的一生向我们显现了一种一波三折而又自然而然的不可分割的过程——正因为少年时的不喜学、好游历，才有了屡试不第的结果；正因为绝望于功名，才有了豹变似的大转身；正因为有了“行者”经历所开拓的宏大视野、所激发出的巨大生命能量，才成就了他一代鸿儒大学者的美名。

因此，苏洵的“行者”生涯，不仅不是光阴浪掷、韶华虚度，而且是一种不可替代的生命体验，是他成才路上必不可少的一种铺垫，是他终成为一代名家巨儒不可或缺的器识蓄养和精神储备。

2009年5月9日于眉山东坡湖畔

访连鳌山东坡擘窠

不是每一个眉山人都领略过连鳌风光的。

离眉山城七十里，位于县境西南边缘的那片苍莽起伏的土地，一个人毕其一生不曾涉足，也是完全可能的事情。但现在我们是身临其境了，眼前森然兀立的正是连鳌一带那重重叠叠的山岭。应该说，这是缘分，是一缕幽妙的情愫的牵引……

果真是造化伟力凝聚成的一片神界鬼域。

山与山牵连着，对峙着，或轩昂挺拔，或孤傲执拗，或谦然平和，或庄严肃穆，高高低低、错错落落，如一首佶屈聱牙的诗，如一曲浩荡跌宕的交响乐。

山一律黛青色，头上松冠摇曳，腰间柏影婆娑，窸窸窣窣在风中潇洒。而深壑中、悬崖上，则是灌木荆棘的摇篮和野花闲草的王国。杂树从坚硬的石缝中勃然伸张，藤蔓在赤裸的峭壁上纠葛着疯长。幽谷野岭间，时见云影飞移，风飘雾流，幻景迭出有如天堂景象……

奇山异景，往往最先得到佛教信徒们的青睐。也不知在多少年前，他们便背着玄繁的佛经和简单的行囊，来到这里倚山修庙，摩崖造像，深山里才有了青烟缭绕，苔藓上才印上了人的踪迹。于是，岁月推移，晨钟暮鼓响彻山里山外，香客游侣纷至沓来，山山岭岭在人的抚摸下，渐渐变得灵性乖巧而又情味十足。

如今，连鳌山方圆几十里内，造化钟灵和人工凿奇浑然一体，相映生辉。漫步其间，仿佛置身于魔阵迷宫，令人如梦似醒，虚实难辨，神思伴山泉涌荡，游兴随峰回路转……

无论是去幽邃的画眉谷拾翠觅诗，还是伫立在兰坡前深味古人留迹；也不管是漫观丈六院摩崖石佛从一数到五百，还是远远凝望红岩岭沐浴夕阳的妩媚仙姿——都会让你心迷神醉、流连忘返。但最妙、最引人入胜，也是最令人玄想的，莫过于登连鳌山访东坡石刻，亲眼看看古老的山魂和年轻的诗魂一次神秘撞击后留下的奇迹。

六座山互相紧紧地拥抱着，咬噬着，如同彼此纠结在一起的六只大鳌，连鳌山因此而得名。

品味青山，没有人不会产生幽远的奇想和纷披的思绪。九百多年前，这六只大鳌曾和青年苏轼有过一次神秘的交流，一次深刻的对话。它们赋予苏东坡山的气度、胸怀和精神，教给他博大的气魄和严峻的思考，并向他昭示生命的真谛和理想的境界。而踌躇满志、才华横溢的苏东坡，则回赠它们一方墨宝，同时把青春的激情与活力深深注入它们的体内。从此，苏东坡走南闯北，一路留下挺拔的追求和宏伟的诗文；从此，连鳌山含珠抱玉，铁骨不散，草木常青。

那是怎样夺人心魄的一片圣迹、一片神奇！一块巨石镶嵌在山的西南坡上，石上深深刻着“连鳌山”三个魁伟大字。每个字均丈二见方，点画不稍苟，却又如行云流水、奔蛇游龙；恣意落拓，却又似棉中裹铁，力镇山体。远远望去，仿佛三朵烂漫的石花，瑰丽多姿而又馥郁诱人。

你也许会问，如此罕见的东坡手迹，为什么不是出现在别的地方，而恰恰是被这六只大鳌所收藏？

连鳌山缄默不语，似在回味着那段温馨的姻缘……

与连鳌山相望，有一座栖云山。那里层崖叠翠，绝壑横生，朝朝暮暮寒溪幽咽，乱云飞渡，自古便是引人入胜的地方。山梁上有一座古寺栖云寺，颇有名气，因此时有文人学士来往其中。十七岁的苏东坡和弟弟苏子由，也常常游学到此，读经读史兼读大自然，同时也顺便寻师访友取长补短。

一个中秋节的晚上，苏氏兄弟与同窗好友家定国、家安国和家勤国三兄弟相约在连鳌山下读书论文。也约了个叫刘仲达的，但他却迟迟未来。其间，年纪最小的苏子由偶然抬头望了望屋外的连鳌山，竟触景生情：“我们几个在连鳌山下读书，不正应了‘连鳌’——同登科第之意？”众人都觉巧极了，本来系于书本的心思，禁不住飘飘扬扬起来。苏东坡便提议道：“今夜如此好景，何不同登连鳌赏月赋诗？”大家齐声附和，于是夺门而出，乘兴上了山。

团团的月儿，已经高悬九霄，下窥人宇了。如水的月光泼洒在山林上，流溢在山谷中，仿佛梦境，仿佛仙界。五人痴痴迷迷，神思泉涌，你一句我一句联起诗来。

家定国摇头晃脑，先起一句：“登鳌望月蟾宫近。”家安国笑着接道：“寂寞嫦娥喜迎宾。”苏东坡不甘人后，口吐珠

巩，诗意陡转：“四海风云会琼宇。”趁家勤国正皱眉头，敏捷的苏子由已抢先收句：“苏家轼辙安定勤。”

众人连声叫好，都说这末句绝啦，把在场的二苏三家全都请上了琼林宴，人人有席，个个有位，自然皆大欢喜。兴奋之余，苏东坡却叹气道：“可惜仲达没来，山是六鳌并秀，人却只有五个……”大家也都觉得很是遗憾，顿时兴致全无。

怏怏地，五人正待下山，刘仲达却跌跌撞撞地赶上山来。大家兴致又来了，七嘴八舌说是要找个办法弥补。刘仲达没有赶上“四海风云会琼宇”，心有不甘，便提议让苏东坡在岩石上大书“连鳌山”三字，以作为今夜六人登山正应了六鳌并举的永恒纪念。

从小练就一手好书法的苏东坡，自然当仁不让。偏僻山野，哪有现成的笔墨？苏东坡望着附近月下的农舍，不由得笑了……

只见他碾泥作墨，捉帚为笔，面对巨石凝思片刻，然后轻舒双臂缓缓而下——刹那间，连鳌山万籁俱寂，月亮和人都看得如痴如醉，魂销目断，胸有成竹的苏东坡，自然是笔随神移，意到墨到。俄顷，“连鳌山”三个大如屋宇、雄劲飞动的字便显于手下……

不久，栖云寺的和尚看到这三个字，叹为圣迹，便请石匠把它们镌刻了出来，让连鳌山永远珍藏。

如今，在连鳌山古老的记忆里，多少春夏秋冬已化作青烟逝去，无数人迹鸟痕已翻成淡漠消损，唯有苏东坡当年这一腔豪情，怒放成璀璨的石花，深刻而清晰，俊逸而遒劲，不朽直到永恒。

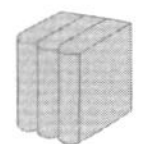

苏东坡的家风家教

我们知道，一个人从小到大的成长，跟他所处的自然环境、社会环境和家庭环境是密不可分的。苏东坡出生在北宋西蜀的眉州眉山县，当时的眉山自然和人文环境是如何的呢？

古人形容眉山的山川形胜，有很经典的八个字——“坤维上腴，岷峨奥区”。什么意思呢？坤维，是西南方的意思，即眉山位于西蜀平原的西南方；上腴，指最肥沃的土地；岷峨，指岷山和峨眉山；奥区，指腹地或最重要的地方。这八字的意思是说，眉山是西蜀平原西南最富庶的地方，是介于岷山与峨眉山之间最重要的地区。

古人还说，眉山“峨眉揖于前，象耳镇于后；山不高而秀，水不深而清”。

苏东坡也说，眉山的百姓“尊吏而畏法，合耦以相助”。

唐代，眉山已出现有唐僖宗题匾的孙氏书楼，号称藏书万卷，民间读书蔚然成风。

南宋时，眉山已是全国四大刻版印刷中心之一：一是京城汴京，汴京本身就是全国的政治、文化中心；二是浙江地区，以临安为中心，称为“浙本”；三是西蜀地区，以眉山为中心称为“蜀本”；四是福建福州地区，以量多取胜。

书多，读书人自然多。两宋三百年间，眉山共考中进士九百零九人。宋仁宗惊叹：“天下读书人皆出眉州。”

南宋大诗人陆游赞誉眉山“孕奇蓄秀当此地，郁然千载诗书城”。

总之，当时的眉山是一块有良田沃壤、川秀山辉、文教昌明、风俗淳厚的风水宝地。

那么，苏东坡的家风家教又是如何的呢？

大智大慧的曾祖苏杲。苏杲善于理财和操持家业，但很讲究分寸，他有句名言：“财富多了会害了子孙。”从今天来看，苏杲是具备大智慧、高境界的智者，懂得财富是双刃剑，懂得人应对物欲有理性的自我克制。

薄己厚人的祖父苏序。苏序是苏杲唯一幸存的儿子，他继承了父亲留下的乐善好施、薄己厚人的秉性。他喜欢种粟（小米）并喜欢储存粟，仓中的粟有三四千石，乡民们都大惑不解。一年，眉山遭受特大旱灾，饥民遍野，苏序不慌不忙开仓济民，无偿赈灾。乡民们才恍然大悟：粟米易保存，经年不变质，逢灾年正好派上用场，这无疑是远见之明。苏序还是一位讲究礼仪的谦谦君子。他平时走乡串户，从不骑马（并非买不起马）。人问其故，他回答：“有比我年纪大的人在路上行走，我怎么好意思在他们面前摆谱呢？”

谦逊好学的伯父苏涣。苏涣是苏洵的二哥、苏东坡的二伯父。苏涣从小聪慧过人，读书考试经常拿第一。一次乡试中，苏涣的试卷被考官蒋堂判为第一，苏涣却道：“我还有父兄在，同学中还有杨异、宋辅等，我不愿名列在他们之前。”蒋堂大惊，成全了苏涣谦让的美德。第二年，苏涣金榜题名高中进士，后来成为百姓爱戴的清廉好官。

位卑忧国的父亲苏洵。《三字经》中说：“苏老泉，二十七，始发愤，读书籍。”苏洵少不喜学，好游山玩水，直到二十六七岁，才发愤读书。他虽没有考取功名，却成为一位大学问家、大散文家，名列唐宋散文八大家之列，是一位志存高远、大器晚成的英雄。

相夫教子的母亲程夫人。程夫人是当时眉山首富程文应的千金，是一位具有独立人格和坚韧不拔性格的女性。为了丈夫和两个儿子有一个良好的学习和生活环境，她毅然将娘家带来的嫁妆全部变卖，在眉山城纱縠行租房做起了丝绸生意，让苏家在短短几年富了起来。同时，她还兼职做了两个孩子的家庭教师，教他们怎样做人，怎样立德立志，还教他们善待花木鸟禽，热爱山川自然。

有件事令童年的苏东坡印象很深。母亲程夫人在眉山城里纱縠行租房做蚕丝生意，一天，正在房里熨烫帛布的两个婢女，都陷进了熨案前一个数尺深的土坑里。仔细一看，土坑里原来埋有一口胖肚小颈的大陶罐，上面还盖着一块乌木板。一个婢女好奇地说：“夫人，那罐里该不会藏有什么金银财宝吧？干脆我们打开瞧瞧。”程夫人厉声道：“不行，你们就想着贪图便利。这罐里不管装的是啥，但肯定是房屋主人的东西，不得随意乱动。快去拿把铲来，把它用土重新埋了。”

从苏东坡的祖辈、父辈身上，我们可以发现不少闪烁着中华优秀传统文化光辉的可贵品质。苏东坡从小浸润其间，承其精髓，汲其营养，受用终身并发扬光大，终于成就了文章道德大师的美名。

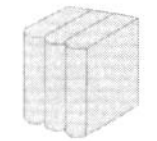

苏东坡的初心坚守与政德涵养

北宋元祐六年（1091）五月十九日，在京城任翰林学士的五十六岁的苏东坡，给哲宗皇帝上了一篇《杭州召还乞郡状》，请求继续到地方上任职。“守其初心，始终不变”这句话，便是出自这篇奏状。

初心，这里是初衷、最初的愿望的意思，即做某件事一开始所抱持的信念。这句话的意思是，坚持最初的信念，自始至终不改变。

那么，东坡最早的“初心”是什么呢？苏辙在《东坡先生墓志铭》中曾这样评价他哥哥，说他从小就“奋厉有当世志”。奋厉，是激励、振奋的意思；当世，这里是用世、治世之意。这句话的意思是，东坡从小就奋发向上，勇于担当，有报国治世的宏大志向。

纵观苏东坡的一生，忧国爱民，奋厉当世，是其贯穿始终的理念；涵养清正之气，修身立德，勤政廉政，是其毕生的践行。

尽管已过去近千年的时间，苏东坡“奋厉当世”的理念和勤奋清廉的政德涵养和实践，对我们涵养新时代政德文化，仍然有着积极的借鉴和启示意义。

一、良好的家风家教，是培育苏东坡“政德”的肥田沃土

宋仁宗景祐三年（1037）十二月十九日，苏东坡出生在西蜀眉山一个诗书之家。父亲苏洵是一位虽屡试不第，但志存高远，位卑忧国、大器晚成的布衣知识分子。母亲程夫人出身眉山大户，“生而志节不群，好读书，通古今，知其治乱得失之故”，是一位有独立意识和坚韧不拔性格的知识女性，被司马光誉为“识虑高绝”的一代贤母。东坡幼年，父亲苏洵和母亲程夫人便亲授以书，为他创造了一个良好的教育环境。苏轼自己也发奋读书、善于思考，勤于修身，外因加上内因，形成了一块培育“初心”的肥田沃土。

在接受知识教育的同时，东坡从小就接受其父母的道德教育和清廉教育。

苏洵和程夫人对东坡的教育各有侧重。苏洵重在教育他读什么书，怎样读书，让他从小就明白古今成败的道理，立志长大后成为国家社稷的栋梁。程夫人则重在教育他做什么人，怎样做人，让他自幼有一颗善良仁慈之心，有鲜明的道德意识，正确的人生观和价值观。两者既有分工又互为补充，旨在培养东坡的综合素质。

程夫人对东坡的教育不仅在口头上，而且严于身教，在日常生活中做出表率。程夫人嫁到苏家后，曾在眉山纱縠行租

房开铺做蚕丝生意。一日，婢女发现房内地下埋有一个大罐子，罐口上还盖着一块乌木板。婢女以为罐中藏有金银财宝，要打开看看。程夫人见状，坚决予以制止，并叫人把罐子重新埋了。她说，这是别人的东西，不可随意动用。她还告诫东坡兄弟，君子爱财，取之有道，凡非分之财，一分一厘也不能妄取。

在父母的言传身教下，小小年纪的东坡便“奋厉有当世志”，形成了“忧国爱民”的初心，形成了重节操、重廉洁的品行。

二、无论在什么地方何种岗位为官，苏东坡都能“明大德”

东坡二十二岁中进士，二十六岁制科考试获第一名，开始步入仕途。东坡一生，从政四十年，在朝廷担任过兵部尚书、礼部尚书、翰林学士、皇帝侍读等要职，在地方做过密州、徐州、杭州、扬州等八个州的知州。但无论是身为朝廷重臣，还是作为地方官员，他都能“明大德”，坚守“忧国爱民”的理念，做出了至今仍被人称颂的业绩。

在徐州的抗洪抢险中，他身先士卒，临危不惧，亲自坐镇城门楼上，指挥军民垒沙袋，筑长堤，奋力抗洪。抗洪期间，他吃住在城楼上，昼夜巡视，数过府门而不入，整整四十五天没回过家，颇有大禹治水的风范。一个多月后，洪水退去，徐州城保住了，全城上万百姓的生命财产保住了。但苏东坡没有居功自傲，而是轻描淡写地在诗中写道：“水来非吾过，去亦非吾功。”

在杭州，东坡带领百姓疏浚西湖，筑长堤数十里，被百姓誉为“苏公堤”，造福人民直至今日，成为“西湖十景”之首。也是在杭州，为除瘟疫，他将多年积蓄全部捐出，同时动员杭州一些富商捐款，加上公费，创办了中国历史上首家公费医院——安乐坊，专门收治贫困病人。同时，他还将自己收集的药方，无偿捐给医官和杭州百姓。

在扬州，东坡不顾车马劳顿，在赴任途中就开始搞调查研究。在得知扬州农民丰年依然愁眉苦脸、官府催收积欠猛于虎狼的民生疾苦后，他毅然上奏朝廷，免除了民间积欠，为扬州百姓做了一件大好事。上任后，东坡对一种搞排场，趋风雅，祸害百姓的所谓芍药“万花会”，毫不留情地通令取缔，予以罢黜，被扬州百姓誉为“苏贤良”。

在地处边防要地的定州，他整饬军纪，惩治腐败，拨军粮以饱士卒，修营房以稳军心，抓练兵以强战力，使军容军貌焕然一新。同时他还整顿健全民间的武装组织“弓箭社”，建议朝廷给予肯定和扶持，使定州的边防有了明显改善，为强军戍边做出了贡献。

三、无论身处顺境还是逆境，苏东坡都能“严公德”

东坡一生为官四十年，可被贬谪的时间就长达十三年。无论是居庙堂之高的顺境，还是处江湖之远的逆境，他都能不忘初心，替国家分忧，“克己以济民”，尽其所能地为百姓做好事、做实事。

贬谪黄州时，东坡得知黄州和邻州一带存在一种溺婴的恶

俗：因贫穷难以养育，一对夫妻通常只养两儿一女，超过这个数就要将初生婴儿置于水中溺死，对女婴尤其如此，导致当地男女比例严重失调。听闻如此恶俗，他不顾自己的“罪臣”身份，毅然向官府建议革除这种陋俗。他在自己经济最为拮据时带头捐出十千钱，组织各界人士捐款捐物，拯救溺婴，有效地革除了当地这一陋俗。

贬谪惠州期间，东坡同样非常关注民生。惠州是广州的通衢之邑，可却被一条东江所隔，两地交通非常不便。此外，惠州也有一个西湖，湖上有一座长桥，但经常毁坏。在他的建议和带头募捐下，惠州修建了有史以来的两座便民大桥——东新桥和西新桥。两桥落成后，惠州百姓高兴地“三日饮不散，杀尽西村鸡”。

在惠州期间，东坡还应广州知州王古之邀，为当时广州百姓“吃水难”问题出谋划策。当时广州城内淡水缺乏，一般市民只能喝又苦又咸的脏水，经常染上疾疫。东坡建议，引二十里外白云山滴水岩的泉水入城，工程采用上万竿大竹，若干大小贮水石槽，非常便利实用。工程竣工后，广州市民无论贫富，都喝上了干净清冽的淡水。这项引水工程，被誉为中国历史上第一个“自来水”工程。

被贬天涯海角的海南儋州时，东坡已是六十二岁的老人。他不顾自己体弱多病和“食无肉、病无药、居无室、出无友、冬无碳、夏无寒泉”的困苦境况，在自盖的茅屋“桄榔庵”中，办学堂、开讲习，传播中原文化。在儋州三年，东坡培养了如姜唐佐、吴子野、葛延之等人才。在他的开化下，海南读书之风盛行，“听书声之琅琅，弦歌四起”。在教诗书礼乐之余，东坡还鼓励儋州百姓发展农耕，凿井取水，帮助改进农具，推广先进的耕作技术，改变落后习俗。

四、面对来自各方面的诱惑，苏东坡都能“守私德”

东坡一生，不仅始终把百姓利益放在第一位，是个勤政爱民的好官，而且严守私德，一身正气，两袖清风，是个清正廉洁的清官。

在密州任职时，适逢旱蝗相继，盗贼遍地，饥馑遍野。作为一州的“一把手”，东坡竟然一贫如洗，厨房里经常空空如也。每天公务之余，他只好到野地采枸杞和野菊充饥，与百姓同甘共苦。不仅如此，他还对未能彻底解决密州百姓的苦难内疚不已：“永愧此邦人，芒刺在肌肤。平生五千卷，一字不救饥。”

在杭州，他和同事所居住的官舍多年失修，不久前曾倒塌砸死了人，官吏们都害怕进屋办公。东坡到任时，偏遇上天灾，久旱复涝，粮食大面积减产。他不顾部分官吏的不满，下令先济饿殍，再修官舍。他动用官钱购买粮食，再低价卖给百姓，以此来平抑粮价，稳定了民心。

在汴京，小偷连续两夜光顾他家，发现这位翰林学士知制诰的朝廷高官家里，竟没有现存的银子和值钱的东西，一无所获，大失所望而走。

在常州，东坡听说自己所买的一处旧宅，原是一位老妪的祖传老宅，因其子吃官司才变卖的。于是他焚烧了自己购房的房契，无偿还房与屋主老妪……

东坡既有一系列廉政的实践，更有一套廉政的理念。年轻时，他就提出了“功废于贪，行成于廉”的观点，认为贪污腐化会毁掉一个人的功业，而清正廉洁则会成就一个人的德行。在当时，这个观点可以说是一个创新。一个官员就算过去功劳再大，但如果因贪污腐化，就会前功尽弃；而一个官员如果把廉洁自律贯穿到为官从政的始终，就会成就他的美德。

东坡一生为官，之所以能够守住清贫，留下千古美名，是因为他始终坚守从政理政以廉为首的人格文化精神。在治国理政、选人用人的过程中，他主张“循理无私，节用廉取”，意思是要按照客观事物发展规律办事，不受私心杂念的影响。要尽量减少不必要的开支，减少对老百姓的索取，从源头上强化各级官员的廉政意识。

东坡还特别强调，清正廉洁要从自己做起。在著名的《赤壁赋》一文中，他提出“苟非吾之所有，虽一毫而莫取”——只要不是自己所拥有的东西，一分一毫也不能去拿。要随时随地加强自我约束，从自己做起，从每一件小事做起。

在密州期间，东坡曾修葺一座高台，名曰“超然”，并作文《超然台记》。文中，他提出一个观点：“余之无所往而不乐者，盖游于物之外也。”意思是说：我之所以无往而不快乐，主要是超然于事物之外。也就是说，人只要学会克制欲望，超然达观，不为外物所困，不为浮名所累，就会知足常乐。

东坡是北宋士大夫中清正廉洁的楷模，是少有的生前就被老百姓立生祠祝祷的官员之一。东坡为何能做到这点？我认为，这与他随时随地“守其初心，修身立德”不无关系。初

心，就像一根定海神针一样，能够坚决拒绝来自各方面的诱惑，能够有效抵制各种歪风邪气的入侵。

毫无疑问，中国古代优秀知识分子留下的宝贵遗产，完全可以作为我们今人汲取的精神营养。苏东坡“守其初心，始终不变”的理念和坚守政德的毕生实践，无疑为今天的我们提供了可资借鉴、学习的典范。

（原载《眉山日报》2022年8月11日，有微改）

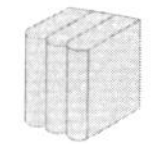

为母当如程夫人

众所周知，在一个家庭中，对孩子来讲，母亲的角色和地位尤为重要。母亲是管理者，是保护者，是情感维系者，更是权威的教育者。可以说，家庭教育特别是母亲的教育，是一切教育的根基，足以影响孩子整整一生。一年一度的母亲节来临之际，我们不妨来聊一聊苏轼、苏辙的母亲程夫人。

一、从大家闺秀到苏门贤媳

程夫人是眉州眉山县人，是当时眉山首富大理寺丞程文应的女儿，自幼喜读书，识大义，端庄贤淑，十八岁时嫁给苏洵为妻。当时“程氏富而苏氏极贫”（司马光《苏主簿夫人墓志铭》），但程夫人毫无大家闺秀的优越感，入苏门后，她谨执妇职，孝恭勤俭，勉夫教子，赢得了苏家上下的交口赞誉和由衷敬重。

程夫人一生共生育了六个子女，长子、长女和次女先后不幸夭折，幼女八娘十八岁时也冤死夫家。二十七岁和三十岁时，程夫人先后生下苏轼、苏辙两个儿子。自此，她把全部身心都扑在了两个儿子和苏家身上。

程夫人不光柔顺贤惠，知书识礼，还是一位具有独立人格和坚韧不拔性格的女性。为了丈夫和两个儿子有一个良好的学习和生活环境，她毅然将娘家带来的陪嫁全部变卖，在眉山城纱縠行租房做起了丝绸生意，由于她的聪慧和精明，苏家的境况在短短几年时间便宽裕起来。

二、是贤母亦是良师

在担纲苏家生计的同时，程夫人还兼职做了两个孩子的家庭教师。

程夫人是个好母亲，也是一位优秀教师。她不仅知书识礼、通贯古今，而且“识虑高绝”（司马光《苏主簿夫人墓志铭》），懂得怎样教书育人，懂得怎样培养孩子的综合素质。

在孩子的教育上，程夫人和丈夫苏洵是各有分工的。

苏洵重在教读什么书，怎样读书，怎样作文，让孩子们从小“奋厉有当世志”，明白古今成败的道理，长大后成为国家社稷的栋梁。

程夫人重在教做什么人，怎样做人，让孩子们自幼有一颗善良仁慈之心，有鲜明的道德意识，正确的世界观、人生观和价值观。

两者既有分工又互为补充，为两个孩子的成长奠定了坚实的基础。

程夫人告诫两个儿子，读书不能仅满足于“以书自名”，还要以书中的仁人志士为榜样。

有一次，她教读《后汉书》，读到其中的《范滂传》时，突然自己叹息起来。范滂是东汉时有名的清正有节之士，桓帝时与李膺、陈蕃等人反对宦官专权，被诬为“党人”入狱。被捕前，他与母亲诀别，请母亲不要悲伤，范母答道：“你今天有幸与李膺、杜密齐名，死有何恨？”范滂死时，年仅三十三岁。

苏轼在旁边听出了母亲的意思，脱口问道：“我如果有一天成为范滂似的人，母亲您许可吗？”

程夫人随即严肃地回答说：“你能成为范滂，难道我就不能做范滂的母亲？”

看来，程夫人是有心把两兄弟往“立乎大志，不辱苏门，亦无愧于国家”的路上引导，而且她坚信“二子必不负吾志”。

三、教子重言传更重身教

程夫人教子，不仅仅限于言传，更注重以身垂教。

程夫人严肃地告诫家人：不许贪图不义之财！

母亲程夫人的警训和以身示范令苏轼刻骨铭心，可谓影响了他整整一生。二十七岁时，苏轼在凤翔做官。一个下雪天，他发现居室外的柳树下有一尺见方之地没有积雪，而天晴后又坟头般突起数寸高，于是怀疑是古人埋藏丹药的地方，便想去挖掘。这时妻子王弗提醒他：“假如我婆婆还在，必定不许你挖掘。”苏轼闻言深感惭愧，便立即打消了挖掘的念头。贬谪黄州期间，在政治生命跌落低谷而生活又极其困苦的境况下，苏轼也始终坚守“苟非吾之所有，虽一毫而莫取”（苏轼《赤壁赋》）的做人底线。

此外，程夫人还是个慈悲为怀的女性，懂得与生命万物和谐相处。譬如，她从不伤害鸟雀，也不许家人捕捉和惊吓鸟雀。因此，苏家庭院成了鸟的天堂，鸟雀们都敢低枝作巢，甚至珍异难见的桐花凤也飞进了苏家。

四、流芳千古的无名英雄

今天看来，程夫人不仅是苏家的贤媳，也是苏家的福星；不仅是苏洵的贤妻，也是苏洵的良友；不仅是苏轼、苏辙的贤母，也是兄弟俩的良师。

但遗憾的是，程夫人四十八岁时便撒手西去，她甚至没能亲眼看到丈夫的大器晚成和两个孩子的高中进士。

令今天的我们更为遗憾的是，流芳千古的一代贤母程夫人，只留下了其姓氏，却没有留下她的芳名，成了一位地道的“无名英雄”。不光老版《眉山县志》上有关她的词条只冠以“苏程氏”三字，就连三苏父子浩如烟海的诗文里也只字未提，苏轼、苏辙兄弟只是尊称他们的母亲为“程夫人”或是“夫人”。

是程夫人为了苏家崛起而甘做“无名英雄”？是封建礼教男尊女卑不公的遮蔽？抑或还是别的什么原因？总之，这不能不算是一桩千古憾事。

常言道，母爱是世间最伟大的力量。母爱如大海，只求付出不求回报；母爱如春雨，孕奇蓄秀润物无声。毫无疑问，程夫人短短的一生，便是对母爱最美丽、最伟大的践行。

“妇人柔顺足以睦其族，智能足以齐其家，斯已贤矣”（司马光《苏主簿夫人墓志铭》）。女性的温柔良驯，能够使整个家族臻于和睦；女性的智慧能干，能够让一个家庭兴旺起来，这就是所谓的“贤惠”了。司马光对程夫人贤惠的内涵，给予了准确而深刻的诠释。

一门父子三词客，千古文章四大家。苏轼、苏辙兄弟能光耀苏门，成为文坛大家、国家栋梁，一代贤母程夫人功莫大焉。能拥有这样的母亲，苏氏兄弟何其幸也！能养育出苏轼、苏辙这样的孩子，苏母程夫人又何其贤也！

赞曰：

孝恭勤俭仁为本，春风化雨润无声。
不求回报不留名，为母当如程夫人。

三苏祠：一部百读不厌的文化经典

在眉山城西南的古纱縠行，有一座古木掩映、黛瓦红墙的庭院，这就是苏洵、苏轼、苏辙父子三人的故居三苏祠。这座南宋改宅为祠的祠堂，如同一部厚重的文化经典，既是一部千年文化史，又是一卷绿皮生态画，令人百读不厌，常读常新，有如一场跨越千年的精神雅集。

三苏祠南大门，是一座三檐歇山式仿古建筑。中间悬挂的“三苏祠”金字匾额，跌宕欹侧，遒劲丰腴，系清代大书法家何绍基的墨迹。大门两侧，悬挂着一副隶书楹联“北宋高文名父子，南州胜迹古祠堂”，贴切工稳，联书俱佳，系近代著名学者向楚和书法家刘孟伉的联袂之作。

入得祠门，但见两棵参天古银杏，挺拔高直，枝叶交叠如兄弟携手，是不是暗合了苏东坡“与君世世为兄弟”的喟叹？是不是苏子由所谓“抚我则兄，诲我则师”的情景再现？十步之外，有一株千年古榕，虬曲苍劲，枝叶广被，似乎正捋着胡须望着兄弟俩微笑。这株老榕被誉为“眉州第一树”，相传为

苏洵生前所植。

过了前厅，但见飨殿巍然，正中匾悬“养气”二字，笔力雄浑厚重。孟子云：“我善养吾浩然之气。”“养气”乃苏门治学的精髓。遥想当年，苏老泉二十七岁方悟为学之道，于是以“懒钝废于世”为诫，教导两个儿子抄经史、诵经典，做有用之文，修德于身心，有俾于家国。夫人程氏更以仁德润心，不取宿藏之瓮，不残筑巢之雀，遂使兄弟俩立“苟非吾有，一毫莫取”之志向，怀“民为邦本”之衷肠。一门三杰，并非天纵奇才，实乃庭训如刀，雕琢成器；百代文宗，岂止笔墨风流？更因家风如炬，大爱为怀。

启贤堂前，有一口宋代古井，苔痕斑驳，幽深如眸。这口古井，井水清冽甘甜，千年以来从未枯竭，相传为苏家保存至今的遗迹之一。躬身井边掬水以饮，清甜入肺腑，恍若听到东坡“吾家江水初发源”的吟唱。古井旁一株千年黄荆，主干虽已石化，但根骨嶙峋，每年都有新枝绿叶萌发。这株老黄荆，不仅见证了三父子“闭户读书”的寒窗灯影，而且生动诠释了蜀人所谓“黄荆条下出好人”的家教古训。快雨亭前，另有丹荔一株，虬枝斜倚，每年夏天结满又圆又大的红色荔枝果，微风拂过，仿佛东坡在吟诵当年“荔子已丹吾发白”的宦海无奈。

启贤堂后，则是著名的木假山堂。奇木嶙峋，象征父子三人一生仕宦浮沉，跌宕磨折；三峰鼎峙，恰似父子三人凛然不可犯的独立人格、威武不能屈的自强精神，不阿不媚，气宇轩昂。

漫步西园庭院，三分水绕祠而流，两分竹映轩成趣。回廊九曲，寓意三苏文章的起承转合；池水百折，宛如东坡人生的命途多舛。打卡此地，可进式苏轩感受苏门家风家教，也不妨到海棠园中沐浴香雾崇光。瑞莲亭中，夏日可听雨打莲荷；披风榭前，四时可与东坡盘陀坐像合影同框。还可倚百坡亭俯明镜，入抱月亭挟飞仙，登云屿楼听鹤鸣。于半潭秋水且听风吟“应似飞鸿踏雪泥”，过八风山下何妨吟啸“一蓑烟雨任平生”。

徜徉东园碑廊，碑石如林，凸显东坡书法的浩瀚广博；墨迹淋漓，有如坡公直抒胸臆的潇洒豪放。《表忠观碑》四通八面，文书俱显大宋风骨；《寒食帖》诗书合璧，字字饱浸黄州月光。点横撇捺，尽显“诗酒趁年华”的快意；残阕断章，富含“兹游奇绝冠平生”的豁达。

粒沙看世界，滴水见太阳。毫不夸张地说，三苏祠哪里只是一座古典园林名人胜迹，分明是一部博大精深的人文经典，不啻我五千多年华夏文化的殊荣高光。

阅读三苏祠，我们这些后之来者，不仅仅是要寻得文化归属，而当扪心自问，我等是否传承了三苏的浩然之气？也不仅仅是要寻求心灵慰藉，更应该合卷沉思，吾辈是否可胜任续写先贤的史诗华章？

2025年2月28日

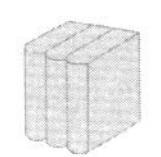

凤翔东湖拜苏公

早慕凤翔东湖美名，终于一睹芳容得偿夙愿。

是2011年深秋的一天，烟雨蒙蒙。虽在想象中几番揣绘其美，但进得门来，眼前还是为之一亮。

宽阔的湖面上碧波粼粼，莲叶田田；沿湖周遭古柳摇曳，奇石峥嵘，翠竹森森；湖心里一座精巧的六角水亭，把湖面巧分为三，亭榭廊槛或坐落于湖上，或掩卧于岸边，相映成趣……

尽管身在秦岭以北的关中平原，雨中的东湖，含蓄幽静，淡雅相尚，恍若一位娇滴滴水灵灵的江南美少女。

姣美的东湖，其实已有三千年高龄，且身世不俗。远在夏商时期，便被称为“橐泉”。周文王时，相传有瑞鸟凤凰飞鸣过雍，在此饮水，遂更名为“饮凤池”。

不过，那时的饮凤池还只是一池瘦水。而到了北宋嘉祐六年（1061），二十六岁初入仕途的苏轼任凤翔府签书判官后，这池瘦水才渐次丰盈起来。

年轻的苏轼在凤翔任上，见古饮凤池有“入门便清澳，怳如梦西南”之美，于是政务之暇鸠工集料，挖掘疏浚，引凤凰泉水入湖，湖中栽莲，湖岸植柳，且在湖上筑了“君子”“宛在”二亭。因湖处凤翔城东，故复更名为东湖。

在凤翔“磨勘”三年，苏轼不仅政绩卓著，被凤翔历代官民勒于石而铭于心，还留下了一百八十多篇诗文，其中脍炙人口的有《喜雨亭记》《凌虚台记》《凤翔八观》《凤鸣驿记》《思治论》等。而凤翔这块凤舞鸾翔的宝地，则回馈给苏轼以厚重的历史文化和关中人刚毅厚朴的性情。

近千载以来，东湖因苏轼而闻名遐迩，因苏轼而出落得更加光彩照人。

宋以后，凤翔人为缅怀苏轼，屡有修葺，湖体不断扩大，今已占地三百亩，其中湖水面积八万平方米，形成内外两湖的典雅格局。湖内亭桥轩榭造型古朴，布局巧妙，且命名全都与苏轼有关。除苏轼当年建的君子亭、宛在亭外，湖心有纪念苏轼与王弗夫妇的鸳鸯亭，湖东有苏轼在此洗过“天石砚”的洗砚亭，湖北有清代建的苏文忠公祠，还有如小娇亭、来雨轩、会景堂、不系舟等。原在北宋凤翔府衙内著名的喜雨亭和凌虚台，业已迁建园内。

雨中漫步湖畔，最可人的是那一棵棵百年古柳。当年修浚东湖后，苏轼带领凤翔人在湖岸“植杨柳千章”，一时柔条婀娜，柳絮飞雪，形成垂柳戏水、水柳相媚好的绮丽景观。此后历代又多有增植，可惜在清代同治年间被一场战乱所毁。后清代名将左宗棠西御沙俄入侵，凯旋途经凤翔时游览东湖，遍觅苏公古柳不见，便命人在湖边植柳百株。今仍存留数棵，粗干虬枝，新芽吐翠，人称“左公柳”。凤翔人有引以为自豪的“凤翔三绝”，即东湖柳、姑娘手和西凤酒，而东湖柳则居其首。

苏轼一生性喜水，曾有诗云“我性喜临水”。这性情，似乎与他从小生活在老家眉山的岷江边上有关。他一生所到之处，与水特别是秀水美湖，结下了不解之缘。如今的凤翔东湖、颍州西湖、杭州西湖、徐州云龙湖、黄州遗爱湖、惠州西湖等，无不与他息息相关，无不因他的一颗爱心而焕然一新，无不因他的一支神笔而被激活，生出无限生机。而美丽的凤翔东湖，则无疑是他亲力亲为的泽被后世的杰作之一了。

孔子曾说：“知者乐水，仁者乐山；知者动，仁者静；知者乐，仁者寿。”

不用说，苏轼是一位仁者，但更是一位乐水的智者。水是生命之母，水善利万物而不争；水柔情万种，能包容一切；“流水有令姿”，流动的旋律中自有无限快乐……

2011年11月13日

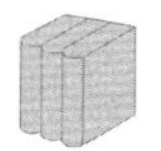 人间有味是清欢

是初夏的一个星期天，午后小睡犹困。

记得白居易说过："午茶能散睡，卯酒善销愁。"便沏了一杯茶，是上好的峨眉雪芽。于是蜷身书案，对着杯中的一团绿影发呆。

玻璃杯虽不是盛茶汤上乘的茶具，但自有其妙处：晶莹通透的杯中，翠嫩的芽叶在沸水的作用下，如一群绿色的二八少女翩然起舞，神色娴静，姿态优雅……

"从来佳茗似佳人"——突然，一句古诗跳出脑海——是苏东坡的诗句。

把好茶比作美女，苏东坡不啻为修辞大家，联想丰富且胆大，极善把美物拟人化，而且是美人化，就像他曾经把西湖比作美人西施一样。

以佳人喻佳茗，可见苏东坡对好茶的喜爱。苏东坡不仅喜好佳茗，还是一位懂茶的行家、品茶的高手、精通茶道的大师。

北宋元丰五年（1082），东坡在贬谪黄州时，曾送给黄州太守徐君猷小妾胜之双井茶和谷帘泉。双井茶产于黄庭坚老家江西修水，是北宋时有名的贡茶，欧阳修曾有诗曰：“西江水清江石老，石山生茶如凤爪。穿腊不寒春气早，双井茶生先百草。白毛囊以红碧纱，廿斤茶养一两芽。长安富贵五侯家，一啜犹须三日夸。”谷帘泉在江西庐山，被唐代“茶神”陆羽誉为“天下第一泉”，是泡茶用水的首选。

此外，东坡还填了一首《西江月》词相送：

龙焙今年绝品，谷帘自古珍泉。雪芽双井散神仙，苗裔来从北苑。

汤发云腴酽白，盏浮花乳轻圆。人间谁敢更争妍，斗取红窗粉面。

名茶配珍泉，如同红粉佳人佩美玉宝石，可谓世间双绝，谁还敢与之斗奇争妍呢?

有了好茶好水，如何烹茶，苏东坡也深谙此道。

“活水还须活火烹。”他在《试院煎茶》一诗中，对沏茶沸水的度作了生动形象的描述。诗云：“蟹眼已过鱼眼生，飕飕欲作松风鸣。”

一是看——看沸水的气泡形态，从蟹眼般小过渡到鱼眼般大。宋人庞元英在《谈薮》中云：“俗以汤之未滚者为盲汤，初滚者为蟹眼，渐大者曰鱼眼。”

二是听——听水的沸腾声，如风入松阵发出飕飕声……

以这等不“嫩”不“老”的水来烹茶，最为适宜。

人们常说：“水为茶之母，壶是茶之父。”苏东坡对饮茶非常讲究，有所谓“饮茶三绝”之说，即有了好茶好水，还得有好壶烹制。他认为“铜腥铁涩不宜泉”，而最好用石铫壶烧水。铫是一种比较高的器皿，口大有盖，旁边有柄，用沙土或金属制成。据说，东坡在宜兴时，还亲自设计了一种提梁式紫砂壶，后人把这种壶式命名为“东坡壶”。

“雪沫乳花浮午盏，蓼茸蒿笋试春盘。人间有味是清欢。”这是苏东坡贬谪黄州四年后再迁移汝州时作的一首《浣溪沙》中的词句。

雪沫乳花是指茶盏中浮着如雪如乳的泡沫。茶以白色为珍品，故以雪乳形容。午盏，指午茶。“蓼茸蒿笋”，即蓼芽与蒿茎。旧俗立春时馈赠亲友的鲜嫩春菜、水果等，称为“春盘”。

一盏清淡的午茶，一盘翡翠般的春蔬——这种清心淡泊的生活，才是人间最清新有味的欢愉啊。

如果说从佳茗联想到佳人，是苏东坡才情的自然流溢的话，那么从一盏清醇的午茶品味出人间清欢，则是苏东坡最伟大的独创，那是我们现代人难以企及的一种人生境界……

2014年6月22日于东坡湖畔

翠云廊邂逅雕塑大师叶毓山

2011年9月24日下午，我随眉山作家采风团到剑门蜀道的翠云廊采风。

“三百里程十万树”，早听说翠云廊的美名，果然名不虚传。百里古蜀道两旁，数千株古柏林立，一棵棵枝干参天，繁茂苍翠，远远望去，蔚然如一大片青云。

脚下是磨得光滑的石板路，头上是浓荫如盖的翠云苍影，前面是一望无边的古柏长阵……行走其间，令人震撼不已，又惬意极了。

来到景区边一个小平地上，只见一群人正在安装一尊雕塑作品。我上去一看，是一尊高约五米的张飞塑像，雕塑座基上镌有“张飞植柏”四个行书大字，下面署名“毓山”。我心想：“这莫不是雕塑大师叶毓山的作品？”正疑惑间，走过来一位白发苍苍的长者，头戴一顶旅游帽，身穿一件条纹白色衬衫，看上去精神矍铄。我上前问道：“老师，这是您的作品吗？”长者和蔼地答道：“是我的。”我心中一喜，接着又问道："您老莫不就是叶毓山老师？"长者笑起来："老夫正是叶毓山。"

果真是中国著名雕塑大师叶毓山。在这美丽的翠云廊上巧遇大师，我和作家们都十分兴奋，纷纷与叶老师攀谈起来。

叶毓山老师是四川德阳人，1956年毕业于四川美术学院并留校任教。1963年毕业于中央美术学院雕塑研究生班，历任四川美术学院副院长、院长，教授，四川省文化厅艺术委员会主任，四川省美术家协会副主席，全国城市雕塑艺术委员会常务理事等职。作品有《遵义红军烈士纪念碑》《春夏秋冬》等。其中《歌乐山烈士纪念碑》曾获全国城市雕塑最佳作品奖，《杜甫》获第六届全国美展铜奖。自1962年完成第一尊雕塑《毛主席全身雕像》以来四十多年时间里，共有一百多座著名雕塑问世，作品遍布海内外。最为人们熟知的是，毛主席纪念堂里的那尊汉白玉毛主席雕像，也是出自他的手。叶毓山是国家级有突出贡献专家，是中国当代最负盛名的雕塑大师之一。

叶毓山老师今年已是七十六岁高龄，1994年从四川美术学院院长位置退下来后，移居成都，专业从事雕塑创作。

他听说我们来自苏东坡老家眉山时，动情地说："我一生最崇敬三位古代大诗人，一是屈原，二是李白，三是苏东坡。"他说，苏东坡杰出的文学成就、豪放的性格和博大的胸襟，是他一生艺术创作的精神源泉和不竭动力。他曾经为苏东坡创作过多尊雕像，其中一点九米的汉白玉雕像《大江东去——苏东坡》和青铜雕像《苏东坡》，已分别被一位国人和一位美国人高价收藏。

临别时，叶老师与我们合影留念，互换了联系电话。他不无遗憾地说："我虽崇敬东坡先生，至今却未在其老家眉山留有一尊他老人家的塑像，心有愧疚啊！"

我们忙说："总有一天，您老会如愿以偿的。"

2011年10月12日

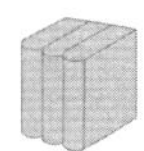

东坡竹园文化策划记

2015年年底，应眉山市园林局之邀，我为东坡竹园做了一个文化策划。

中国是世界上竹资源最为丰富的国家之一，有“竹子王国”之称。千百年来，竹子因青翠挺拔、风姿绰约、凌霜傲雪、四季常青而深受世人称颂。人们赋予它虚心劲节、坚韧不拔、风度潇洒的“君子”美誉。中国悠久的文化与竹结下不解之缘，形成了丰富多彩、独具特色的中华竹文化。

我们的乡贤苏东坡，生前对竹子有非常特殊的情感，他不仅喜竹爱竹与竹为邻，而且还画竹咏竹引竹为友，其“宁可食无肉，不可居无竹”的经典名言，更是让人们津津乐道，经久不衰。

东坡竹园是一座以竹景为主、立足于东坡竹文化传播的主题公园，位于眉山城东岷江二桥西侧，苏辙公园对面。竹园占地面积近六十亩，种植了七十多个品种的竹子。

东坡竹园除规划有丰富的竹景观外，还规划有透景墙、景

墙、草亭、回廊和农家风格的小院等。竹园既然以东坡冠名，当然主要应把东坡竹文化融入其中，让游人在舒适惬意的环境中，领略中华传统竹文化特别是东坡竹文化的风韵，达到寓教于游、润物无声的目的。

走进主入口，首先夺人眼目的是一面弧形的青灰色透景墙——六张大钢化玻璃上，分别用喷绘展示了苏东坡四首咏竹诗和两幅墨竹图，其中有东坡最有名的“宁可食无肉，不可居无竹”的诗句，让人入园伊始就感受到东坡竹文化的魅力。

作为正面透景墙的陪衬呼应，大门左侧又是一之字形景墙，也嵌有六张大的钢化玻璃，用彩喷展示了古代六位大诗人、大画家的咏竹诗文和写竹丹青，其中有杜甫、白居易、苏辙的咏竹名句，有文同、郑板桥的竹画名作。

之字景墙前有一覆瓦回廊，名曰“寿竹廊”。东坡有“竹瘦而寿”之说，故名。廊前一联“清诗咀嚼哪得饱，瘦竹潇洒令人饥”，语出东坡诗《戏用晁补之韵》，是东坡惯有的诙谐诗风；廊后一联“扶持有伴雪应怕，裁剪无人风自吹”，语出东坡诗《次韵陈时发太博双竹》，表现双竹共生共长互搀互助的可敬形象。

寿竹廊左前方不远处，是一座仿茅草覆盖的回廊，取名诗竹廊。前联是东坡名句“长江绕郭知鱼美，好竹连山觉笋香”，语出东坡诗《初到黄州》，诗中东坡以“逐客”自嘲，而俯仰间闻到的却是满山竹笋的清香。后联是王安石的两句诗“人怜直节生来瘦，自许高材老更刚”，出自《与舍弟华藏院此君亭咏竹》，是诗人的自况之诗。

再来看三座小亭。诗竹廊右侧一座圆形仿茅草亭，名叫“抱节亭”，语出苏洵诗句。此亭配有苏洵两句诗作联：“竹萌抱静节，雀彀含淳音。”意谓竹子抱节而萌，其节操乃与生俱来。诗竹廊左侧一圆形小亭，唤作“啸竹亭”，用了苏辙两句诗作联：“散乱风日影，婵娟冰雪姿。”言在恶劣环境下，竹仍自洁自好保有曼妙之姿。啸竹亭左侧，还有一座四角草亭，名叫“翠筠亭”，前面一联云：“未出土时先有节，便凌云去也无心。”是宋代诗人徐庭筠的咏竹名句。后一联是东坡诗句：“密竹不妨呈劲节，早梅何惜认残花。”

竹园中心有座小广场，四周竹影婆娑。拾级而上，可见一块心形大石矗立其中，前镌“胸有成竹”四个苏体大字，后刻斜竹一枝。胸有成竹是个成语，出自东坡《文与可画筼筜谷偃竹记》。表现文与可画竹前，早已成竹在胸，有了竹子的完整形象。现比喻做事之前，已有充分把握。这个小广场，也是游人摄影留念的最佳处。

与小广场相对，有座小桥，名曰“此君桥”。“此君”是竹子的雅号，典出《晋书·王徽之传》。说是晋朝大书法家王羲之的儿子王徽之，特别喜欢竹子。一次，王徽之临时寄居在一间空屋里，便令身边的人在屋旁边种上一些竹子。有人对他说：“你在这儿住不了几天，何必要种上竹子呢？”王徽之指着屋旁的竹子说：“何可一日无此君！”于是，“此君”便成了竹子的雅号。

此君桥旁，是一座川西民居风格的小院，名叫“益友居”，堂屋前的柱头上挂有一联：“风泉两部乐，松竹三益友。”语出东坡诗《游武昌寒溪西山寺》，言习习清风、淙

淙泉水是两曲悦耳的音乐，青松、翠竹和奇石是其三位最好的朋友。

离益友居不远，有一面弧形白色景墙，中间挂有四幅木刻咏竹诗文，分别是东坡、白居易和宋代诗人陈与义的作品。两旁各有一幅木刻竹画，左为“高风劲节”，右为“竹报平安”。

在竹园小径旁或草坪上，还散置了一些奇石怪石，上面分别镌有东坡咏竹的名句，如“风来竹自啸”“瘦竹如幽人”“竹亦得风，夭然而笑”“不可一日无此君”等，让游人在悠然漫步的不经意间，眼前豁然一亮，意外收获会心一笑……

2016年5月27日于东坡湖畔

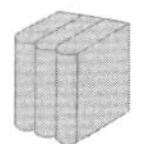 诗吐苦寒　书抱天真

——苏东坡《黄州寒食诗帖》信息略解

被誉为“天下第三行书”的苏东坡《黄州寒食诗帖》，自问世九百多年来，一直为古今中外众多学者、书家和爱好者热捧，研究、赏析、临习者不绝如缕，其成果也可谓汗牛充栋。本文不打算重复他人已有的研究成果，只想就诗帖中“诗”和“书”所传递出的当年东坡心境的原始信息，分别做一番粗略的比较解读，试图对其诗、书创作时的不同心境加以辨析，以窥探东坡谪居黄州后痛苦“大转身”的心路历程。

一、幽独苦寒之诗

自我来黄州，已过三寒食。
年年欲惜春，春去不容惜。
今年又苦雨，两月秋萧瑟。

卧闻海棠花，泥污燕支雪。
暗中偷负去，夜半真有力。
何殊病少年，病起头已白。

春江欲入户，雨势来不已。
小屋如渔舟，濛濛水云里。
空庖煮寒菜，破灶烧湿苇。
那知是寒食，但见乌衔纸。
君门深九重，坟墓在万里。
也拟哭途穷，死灰吹不起。

这是两首五言古诗，写作时间当是北宋元丰五年（1082）三月五日寒食节当天[①]。时东坡因“乌台诗案”谪居黄州，已是第三个年头了。

先看第一首诗——

此诗共十二句，按内容前后各六句可分为两部分。第一部分起首平淡舒缓，如同面对一个老朋友闲话家常。前两句紧扣诗题“寒食”，交代自己来黄州的时间。紧接着后四句，因寒食节很自然地转到春天的时令。先写年年想留住春天却又无可奈何的惜春之情，“不容惜”三字，既表现出大自然不以人的意志为转移的无情规律，又道出了自己身不由己的谪居现实。然后，作者从春来春又去的慨叹转换到当下，定格在元丰五年的春天：“今年又苦雨，两月秋萧瑟。”一个“苦”字，道出今年春雨的不同寻常：连续下了两个月，整个天地如同提前进入了萧瑟之秋。第二部分，前四句从天地间转到具象之物——

海棠花。借杜甫诗意和庄子语意，以幽独高洁红中透白如胭脂的海棠花自喻。可是，经风吹雨打迅速凋萎的花瓣却身陷污泥，犹如被造物主偷偷在夜半背负而去。结尾两句以白头病少年比拟匆匆凋谢的海棠花，惜花伤春是表，借花自怜是实。

这第一首诗不过是一支序曲，还只是第二首诗的一个过渡和铺垫。

再看第二首诗——

起笔两句接前诗的春雨，写自己的风雨栖居所。当时，东坡一家住在长江边上的一个简陋驿站——临皋亭中，他自己曾说："寓居去江无十步，风涛烟雨，晓夕百变。"[②]因连月春雨，导致江水暴涨，波涛汹涌的春江似乎要破门入户。接下来两句以烟雨蒙蒙中的小舟比喻栖身小屋，极言栖居外部环境的萧索荒凉；后面两句则回到屋内：空荡荡的厨房不外寒菜当家，破旧的灶膛里只有湿苇难烧。"空""寒""破""湿"四个形容词在句中特别刺眼，生活之艰不言而喻。下面两句是一个倒装句式：看见屋外有乌鸦衔着纸钱，才想起今天是不能动烟火的寒食节。接着两句写因谪居而产生的进退两难的感慨，最后两句借阮籍逢末路痛哭而返典故和杜甫"冥心若死灰"诗意，表明心迹：既已是穷途末路，便心如死灰，不复有他念了。

这两首诗向我们传递出这样一组信息：

谪居黄州两年来，特别是在元丰五年三月这个春天里的秋天，作者形同委地海棠，状如白头少年，栖居风雨飘摇的小屋，过着饥寒交迫的生活，欲忠君报国无门，想回乡尽孝不能，进退维谷，穷途末路，长歌当哭，心如死灰……诗名寒食，苦寒意象迭出：萧瑟、病少年、空庖寒菜、破灶湿苇、乌衔纸、坟墓、途穷……特别是最后出现了“哭”这个似乎有失大丈夫体面尊严的词，还有“死”这个极尽晦暗阴冷的词，这在东坡诗文中是罕见的。显然说明，作者贬谪黄州两年多来虽一直“深自省察”③，等待君恩布施重返庙堂的那一天，可春来春去望眼欲穿，依然杳无音信，希望渺茫。故此时此地的他，自认不仅跌入了仕宦生涯的最低谷，而且陷入了人生的绝望之境。

二、天真烂漫之书

如果说东坡的寒食诗二首是苦寒之诗、幽独之吟的话，那么《寒食诗帖》则是天真烂漫之书，尚意自然之作。

第一首诗总体诗思平和，诗意舒缓，于是作者走笔如“清风徐来，水波不兴”。前三行落笔沉稳，运笔平和，每排字数相当，大小匀称，点画一丝不苟，只有第一个“年”字有长笔悬针。后四行转入借花抒怀，笔势随诗意有了起伏，“萧瑟”“海棠”“暗”“偷”等字出现膨胀，“花泥”“暗中”两个字组甚至开始出现游丝，但总体仍如轻波微澜，情绪明显有所按捺抑制。

第二首诗思陡转，不再敛藏，诗情如春江浩荡，似风起云涌。诗人的情感流由徐渐急，叹栖居之陋，诉生活之艰，怨君门之深，怅家乡之遥，效穷途之哭，表死灰之心……于是作书心忘于手，手忘于笔，笔步情走，势随意流，字体或大或小，字势或正或欹，结字或收或放，造型或庄如佛像或险若巉岩，布局或密不透风或疏可跑马，一气贯通，自然天成。“破灶”二字的敦实厚重，“衔纸”二字的潇洒摇曳，“哭途穷”三字的凝重豪逸，各有情致，书趣盎然。特别是“死”字，用笔丰腴，左下挑与右上点顾盼生姿，跌宕成趣，可谓把一个僵硬的“死”字写活了，有血有肉地站了起来。

《寒食帖》给我们提供了这样一些信息：

其一，此帖是东坡自己书写自己的诗，从笔意墨趣和篇章布局来看，应该是在诗作完成之后的有意识书写，而非备忘似的简单抄录。至于书写的时间，历来有诗成当日之说，有第二年之说，有元丰七年（1804）离开黄州后之说。但从此帖不署名、不钤印，也不署书写年月，只署“右黄州寒食二首”的尾题来看，东坡作此书时仍有“多难畏事”④的戒备，有担心再一次陷入“文字狱”的谨慎。据此判断，此帖在黄州期间书写的可能性较大，但因无实证，这里不做定论。

其二，此书帖与诗作相比，创作心境迥然有异。我们知道，自书自诗的书法作品，由于诗和书都是来自同一个创作主体，可以通过诗情和书意的高度融合，最大化彰显原诗诗意，最大化提升书法作品的品质，让读者产生诗书并茂的视觉冲击和心灵震荡，享有诗情和书意双重的阅读体验，继而获取尽可能多的作品信息。但是，中国书法本身是一种独特的视觉艺术，有所谓“书为心画”之说，可以通过汉字线条的组合造型、结构章法等，独立地折射出作者的精神、气质、学识和修养，反映作者书法创作时的情感心境，呈现与情感心境相生相成的文本品相。

从《寒食诗》来看，诗写得苦雨凄风，萧索悲凉，整个给读者呈现一幅寒雨寒居、寒菜寒鸦的苦寒画卷，分明想告诉我们：诗人已跌入人生命运的绝望深渊，对前途未来已不抱任何幻想。

然而细观寒食书帖，点画线条了无荒率之笔，提按顿挫如闻铿锵之声；字里行间气酣笔健，尚意自然，于稚拙中凸显天真，于平淡中蕴含烂漫；谋篇布局随心所欲，行所当行，止所当止。全卷整体看上去，如夏日繁星璀璨的清朗夜空，无丝毫苦寒之景，无些微颓唐之相，无丁点悲凉之情。清代书法家王文治诗云："坡翁奇气本超伦，挥洒纵横欲绝尘。直到晚年师北海，更于平淡见天真。"清代书家周星莲在《临池管见》中也说："坡老笔挟风涛，天真烂漫。"此帖似乎正应了两位书家中肯的评鉴。它分明告诉我们：如果说贬谪黄州两年来，作者一直"杜门思愆"[⑤]，幻想有朝一日君恩浩荡重新得到起用的话，作此书时，已大彻大悟，不仅自拔于绝望的泥淖，走出了幽独苦寒的心境，而且如破茧之蛾获得新生，获得前所未有的精神自由。且看，元丰五年的寒食节才刚刚过了两天，三月七日，东坡就在沙湖道上唱出了"竹杖芒鞋轻胜马，谁怕？一蓑烟雨任平生"的潇洒豪迈之声，一扫往日心中阴霾。没过几天，他又在蕲水清泉寺吟出了"谁道人生无再少？门前流水尚能西，休将白发唱黄鸡"的乐观旷达之词。到了这一年的七月至十月，他短短四个月内三访黄州赤壁，更是写出了中国文学史上的巅峰之作《念奴娇·赤壁怀古》和前后《赤壁赋》。

三、结语

《黄州寒食诗》系作者于凄风苦雨中以绝望心境吟诵的幽独苦寒之诗。这两首诗，无疑是作者在元丰五年（1082）三月寒食节的苦寒之吟、孤独之吟、绝望之吟，充分反映了作者当时极端恶劣的生存环境和对个人政治命运极度绝望的心境。但是，正如古人所言："绝处可以逢生，置之死地可以后生。"也正如德国诗人荷尔德林所言："哪里有危险，拯救之力就在哪里生长。"⑥而这种拯救的力量，这种绝地反击"向死而生"的强大力量，并非来自外部，而正是来自作者自身，来自作者那种随缘而动、无往不适的自我解脱能力。

《黄州寒食诗帖》是作者豁然省悟后以中正平和心境所作的天真烂漫之书。从书帖中，我们分明窥见作者坦荡的心胸和泰然自适的人生态度。可以这样理解，从"乌台诗案"中侥幸生还并经过贬谪黄州两年多的痛苦历练后，在度过了元丰五年三月身心双重的极度苦寒之后，在又一次直面死亡超越苦难之后，集儒释道思想于一身的苏东坡，于元丰五年三月寒食节后豁然省悟，翛然解脱，其价值观、人生观和宇宙观发生了根本性变化，对仕途进退、人生穷达有了更深刻的理解，对如何实现人的存在价值有了全新的认识。他已坚信，自己的人生可以由自己重新设计，自己的命运可以由自己主动掌握。于是，一个旧我"死"去了，一个稚嫩的书生和单纯的才子"死"去了，一位卓越的文学艺术大师和乐观旷达的生活大师浴火重生，而《黄州寒食诗帖》这幅最能反映作者当时情感心境的书法珍品，便是最有力的佐证之一。

注释：

①按刘继增《苏东坡的清明诗民俗文化意蕴》，北宋元丰五年（1082）的寒食节当是在三月五日。

②见苏东坡书信《与温公》。

③见苏东坡《黄州安国寺记》。

④见苏东坡《赤壁赋》书法原作跋文。

⑤见苏东坡《到黄州谢表》。

⑥见荷尔德林诗《帕特默斯》。

参考文献：

1. （台湾）李一冰著《苏东坡新传》，台湾经联出版公司2009年9月版。

2. 丁永淮编《苏东坡黄州活动年月表》，黄州师专学报1982年第2期。

3. 《寒食帖》，台北故宫博物院官网。

4. 《历尽沧桑的〈寒食帖〉》，江南时报网。

5. 刘继增《苏东坡的清明诗民俗文化意蕴》，刘继增博客2011年4月2日。

6. 洪柏昭著《三苏传》，广东高等教育出版社2002年2月版。

7. 吴鹭山、夏承焘、萧湄合编《苏轼诗选注》，百花文艺出版社1982年4月版。

2014年10月8日

回归生命本真的激情宣言

——纪念苏东坡黄州“二赋一词”创作930周年

2012年是苏东坡诞辰975周年，也是他在黄州创作的“二赋一词”问世930周年。

北宋元丰五年（1082），苏东坡在贬谪黄州第三年秋冬短短四个月的时间里，写下了前后《赤壁赋》和《念奴娇·赤壁怀古》三篇作品。也许当年东坡本人也不曾料到，他这即兴创作的“二赋一词”，如同三篇融入自然回归生命本真的激情宣言，虽历近千年而光芒愈增，成了中国文学史上的千古绝唱，成了人类精神领域的三座高峰。

贬谪黄州之前，苏东坡已有了十多年的从政经历。这十多年里，从京官到地方官，从北方到南方，苏东坡阅尽北宋官场和民间的方方面面。从小深受儒家入世思想熏陶的他，曾有“奋厉有当世志”的雄心抱负，曾怀“有笔头千字，胸中万卷，致君尧舜，此事何难”的政治理想，可在宦途中，迎接他的不是日丽风和、橙黄橘绿的政治生态，而是黑云翻墨、处处巉岩的官场险恶。元丰二年（1079）突如其来的乌台诗案，更是让他饱受心灵和皮肉之苦。

所以，我们有充分的理由认为，乌台诗案与谪居黄州，促成了苏轼世界观、人生观的大转变，成就了他人到中年的痛苦大转身。如同凤凰涅槃，一个稚嫩的书生和天真的才子消失了，一位卓越的文学大师、快乐的生活大师和深邃的思想大家浴火重生。

在黄州，东坡虽处于经济拮据、精神孤独、政治希望渺茫的极端困境，可在躬耕东坡自食其力之余，他常常“焚香默坐，深自省察”，有了读书抄经反思人生的时间，有了寄情山水对话自然的闲暇。

在政治命运陷入低谷的同时，艺术和思想的高峰双双升起。

1082年秋冬，东坡三访黄州赤壁，与远逝的历史大英雄进行了一次激情碰撞，与山川大自然展开了一场深层次对话。

在赤壁如画的山水间，东坡有着独特的审美发现和价值发现，他找到了自我身心的栖居所在，把儒、释、道三家的精髓融为一体，从而创造性地构建了中国封建知识分子新的宇宙观、人生观和价值观，成为知识分子进可攻、退可守的利器。应该说，在近千年后的今天，东坡的这些观点非但没有过时，没有受到时代的局限，而且具有跨越时空的现代意义。

可以这样说，九百年前的苏东坡，比我们更具远见卓识。

“二赋一词”的现代意义，我们不妨从以下三个方面来理解——

一是准确定位人与自然的关系。曾几何时，我们这些现代人，依然把人与自然的关系视为主客之间的关系，人被夸张为天地宇宙的主宰。早在九百多年前，苏东坡就超越了我们。他在山水自然中寻找美，发现美，且把自己全身心地融入这大美的山水自然之中。他“渔樵于江渚之上，侣鱼虾而友麋鹿”“寄蜉蝣于天地，渺沧海之一粟”“挟飞仙以遨游，抱明月而长终”……东坡没有把自己凌驾于自然万物之上，而是把自己看作世间万物中平等的一员，心怀敬畏地去认识自然、领悟自然、顺应自然，最终融入自然。今天，我们仍然无法达到当年东坡的认知高度，诸如我们不少人还在继续假灵长之威，以征服者自居，把大自然作为可支配的对象，看作可任拿任取的资源库，进行掠夺性开发，肆意挥霍天地留给我们的各种宝贵资源。

二是向往诗意栖居的自由生存，在生活的细节中发现快乐。在远离权力场和名利场的赤壁，东坡悉心体悟着江水呈现的诸多惊人之美——有“大江东去”“惊涛裂岸”“卷起千堆雪”的动态之美，有“清风徐来、水波不兴”“白露横江，水光接天”的静态之美，有清风、明月下的温柔透明之美，等等。他时而“纵一苇之所如”，时而“放乎中流，听其所止而休焉”，时而“相与枕藉乎舟中，不知东方之既白”，尽情享用这清风明月下的精神自由。在这里，没有案牍劳形，没有党争利夺，没有官场面具，更没有奸佞小人的明枪暗箭，有的只是泛舟江上自由自在地漂流，有的只是人与自然融为一体的空明境界，有的只是诗人对诗意栖居生存的无限向往。他思考宇宙的永恒与人生的短暂，在世界的变与不变中获得对个体生命局限的超越。因此，东坡能够在生活的各个层面发现快乐，在奇妙的大自然中汲取抗高压、破孤独、化解痛苦的神秘力量，对我们现代人学会快乐生存，是不无启发的。

三是遏制欲望，学会满足，回归生命本真。在赤壁，东坡清醒地意识到："天地之间，物各有主，苟非吾之所有，虽一毫而莫取。惟江上之清风与山间之明月，耳得之而为声，目遇之而成色，取之无禁，用之不竭，是造物者之无尽藏也，而吾与子之所共适。"你看东坡多么容易满足，非我所有，一毫莫取，只要有江上一缕不要钱的清风、天地间一片非商品的月光，他就感恩受用无限知足了。我们今天的现代人，之所以有无穷的烦恼和痛苦，就是因为有各种商业、物质的诱惑，魔鬼似的把我们与生俱来的各种欲望不断放大。不少人被金钱和物质所裹挟，物大于人、物控制人的异化愈演愈烈，人们焉能不越来越烦恼痛苦？要远离这些烦恼和痛苦，唯有遏制欲望，摆脱物对人的控制和占有，回归生命本真。因此，我们何不向清心纯朴的东坡看齐，做一个简单生活本真快乐的人。

在全球化、现代化的今天，重温苏东坡930年前的"二赋一词"，重拾东坡融入自然、回归生命本真的精神，无疑具有不可低估的现实意义。

本文系作者于2012年9月22日在第三届（黄冈）东坡文化节"纪念苏东坡黄州'二赋一词'创作930周年大会暨五州论坛"上的演讲

附 录

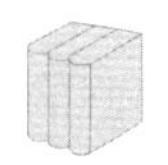

《苏洵新传》：不只是苏东坡父亲，苏洵还是他自己

封面新闻记者　张　杰　实习生　李心月

一门三父子，都是大文豪。纵然“三苏”被普遍并提，但相比苏东坡，世人对其他“二苏”，尤其是对苏洵的关注，要少很多。关于苏东坡的书很多，诗文解读，人生传记，种类、数量可观，其中不乏林语堂这样的名家为其作传。但关于苏洵的传记，就屈指可数。苏东坡是天才，但天才的成长也不是真空的，而是需要环境。这个环境就重点包括他的家庭，其中父亲苏洵必不可少。

苏洵培养了两个文豪儿子，自己也成了文豪。他少年热爱行旅出游，中年才发愤苦学，又无师承，全靠自己刻苦读书、体味摸索，跻身“唐宋八大家”之列。他参加科考多次失败，未能像两个儿子那样“学而优则仕”，因而一生自感郁郁不得志，但却也凭着自己独特的文学、思想成就，成为一代“布衣名儒”。一生富有传奇、悲剧色彩的苏洵，本身是值得独立深入研究的人物。他不只是“万人迷”苏东坡的父亲，还是他自己。

本地后辈写作者　为乡邦先贤立传

四川作家刘川眉对苏洵及其作品保持多年的阅读和探究兴趣。近些年，刘川眉所著的跟苏洵有关的作品迄今结集有《眉山苏洵——一代布衣名儒的人生素描》和《豹变——苏洵大写意》。

2021年，刘川眉又拿出了关于苏洵的新著《苏洵新传》。通过对苏洵生命史与精神史的梳理，刘川眉挖掘出集顽童、落榜生、父亲、丈夫等身份于一体的苏洵，给读者展示出一个多面性苏洵：一个落拓不羁的旅行者，特立独行的布衣鸿儒、器识晚成的散文大家，以及培养出两个天才儿子的父亲。12月18日上午，在四川眉山举行的《苏洵新传》分享会上，不少文学评论家给予好评，普遍认为这部传记“呈现了一个立体的、鲜活的苏洵”，“写得如行云流水，是知识分子精神史的写作，具有当代意义”。

专业的“苏学”学者，对苏洵的解读，或许会在学术上更深入更专业，但不见得会比得上像刘川眉这样的苏家本地后辈写作者，更贴近生命。一个在地作家为自己的乡邦先贤作传，是非常恰当，也是应当的。

刘川眉出生于1956年，是地道的眉山人。从少年时代，刘川眉就与弟弟刘小川在离自家直线距离不到一百米的三苏祠玩耍：在木假山堂内观赏玩味，在洗砚池边投石戏水，在披风榭下赏荷观鱼……虽然当时他幼小，智识未开，但耳濡目染文脉的空气，这无疑在他生命中种下敬仰先贤的种子，帮助他在成年后阅读“三苏”作品时比常人多了几分切肤之亲。尤其是对苏洵，这个名气没有儿子大，没能像儿子那样科举成功，在时间长河中被儿子的影子遮蔽的孤独人物，多了一份心疼。

超越一般只浓墨重彩突出其苏东坡父亲身份的常见角度，刘川眉独树一帜地把苏洵当成一个相对独立的个体给予研究：苏洵如何在琐碎的生活中、失败的情境中，追逐自我梦想和自我价值？他有过怎样的生命激情，精神徘徊、反思和内心成长？苏洵作为北宋一个知识分子的生命体，对当下的读书人有怎样的启发？这是刘川眉在《苏洵新传》里重点关心和阐述的课题。

化用苏洵的情志　表达现代解读和思考

很多人提到苏洵就说他少不喜学，酷好游山玩水，白费了少年的大好时光，说他“二十七，始发愤”，用浪子回头的俗套故事来表述。刘川眉认为这是偏见：“苏洵后来在学术方面的成功，尤其是对治国安邦的思考和设想，与他从小阅读山川自然而激发出来的对生活对世界的想象，是不可分割的。正因为少年的壮游，让他有了浓厚的直观感觉和审美的养分积累，才能够让苏洵文章一生气韵充足。这一点，历来被许多学者忽略。”

在书中，刘川眉写苏洵的家居生活与儿子们的相处；他写苏洵丧妻之后对夫妻关系的反思“自子之逝，内失良朋”。“能因为弱女被欺致死与亲戚四十年断交。这些细腻温柔的内心，也滋养了苏洵的文气。”刘川眉说。对苏洵没有被充分认识到的理论才华、不羁个性、真诚性情、奋进态度，刘川眉充满欣赏。对苏洵悲剧命运形成背后的性格弱点，人生的遗憾、错误，也给予平静的客观剖析。苏洵在人生的得失荣辱，在遗憾中成就独特的个性和思想，也让刘川眉心情复杂，遗憾和敬重兼有。可以说，在不少篇幅，刘川眉其实是化用苏洵作品的情志表达出一个现代人的解读和思考视角，而不是仅仅通过资料的堆砌去讲述一个历史人物。

除了晚年在京城获得微职，苏洵一生大部分时间都是从布衣行世。他把郁郁不得志转化为发奋阅读，这也让刘川眉很敬佩："读书，看似轻松容易，其实异常辛苦。如果把读书只当作一种人生点缀、一种消遣休闲，或者只是读一点闲书、无所用心的书，那肯定是轻松惬意的。但如果把读书作为生活本身，读思想深邃、有益人生的书，或者是有专门目的地读书，那就非下苦功夫不可。"

《苏洵新传》的行文变化多样，有客观叙述，也有小说技艺的描写，有诗性咏叹，也有哲理式点评。文笔很流畅质朴，不炫技，很自然，不刻意，言之有物。出场人物除了苏洵之外，还有苏洵的亲人——苏序、苏涣、程夫人、苏八娘、苏轼苏辙兄弟、王弗以及跟苏家来往较多的文人欧阳修、梅尧臣等众多人物形象，对北宋民风民俗、科场官场均有生动的描写。

捕捉苏洵生命冲动　破解其思想密码

写好苏洵，绝非易事。有关苏洵的记载，史书非常简略，即使是苏轼、苏辙两兄弟及欧阳修、曾巩等人的有关文章，也所叙不多。特别是苏洵的童年，除了"不喜学"三字外，几乎是空白。所幸苏洵留下了几十首诗和大量的书信、文稿，可以研读揣摩，加上国内当代几位学者、专家写有苏洵的传记，可以参阅。

为准确理解和把握苏洵的一生，找到其生命冲动的本源和思想的切口，刘川眉意识到，最重要的是要从苏洵自己诗文的字里行间，去捕捉并破解他生命情志和思想密码。否则，便是一种七零八碎的人物拼盘，或是一次资料的搬运和堆积了。因此，他花费大量时间来遍读《宋史》《苏氏族谱》《东坡志林》等史籍，又纵览苏洵诗词和手札文稿，甚至还对有关哀辞墓志、民间传说进行查证。在写作过程中，为了展示苏洵鲜明的个性，彰显其内心秘密，在史实的基础上，刘川眉还增添了一些细节描写和心理剖析等。

对话刘川眉：眉山为何能出“三苏”？

封面新闻：《眉山苏洵——一代布衣名儒的人生素描》这本书很受欢迎。最新出版《苏洵新传》跟《眉山苏洵——一代布衣名儒的人生素描》是怎样的关系？

刘川眉：《眉山苏洵——一代布衣名儒的人生素描》距今已经出版快12年了，早就绝版了。最近几年，眉山有几个学校以苏洵命名。那里的老师和校长找到我，要买这本书，想多了解苏洵，但是买不到。所以我就在《眉山苏洵——一代布衣名儒的人生素描》书稿的基础上修订而成，增改、深化了历年来的研究感悟。《眉山苏洵——一代布衣名儒的人生素描》之所以受读者喜爱，我想应该跟它不是专业学术著作有关：有文学性，通俗易懂。

封面新闻：且不说学界内的专业研究，在市面上作家写的关于苏洵的面对普通大众的书，比关于苏轼的书少很多。您对苏洵的格外青睐，考虑和契机是怎样的？

刘川眉：作家写苏洵的书较少，我想一方面因为资料比较少，另外，不管是名气还是才华，苏洵比苏轼的确稍逊一筹。我之所以写苏洵，是因为我认为苏洵值得更多的关注和推荐。一个少年不读书的人，非进士出身，能成为唐宋八大家之一，这很少见。这背后值得挖掘的空间很大。比如苏洵有着很强的做学问的能力，对文学创作有着真知灼见，在家十年苦读期间，他虽身为布衣，处江湖之远，却忧国忧民，写了不少关乎国计民生的政论文章，提出了一整套政治革新的主张，都是值得研究的。

封面新闻：苏洵生养了苏轼、苏辙两个天才儿子。其对两个儿子从小的培育、熏陶和引导，从现在看来，也是教育学的典范。尤其是苏轼，最终能够成为文学界旷世奇才，没有苏洵的为父为师，是不可想象的。在你看来，苏轼从父亲苏洵那里，主要受到哪些较大的影响？

刘川眉：苏洵痛恨当时流行的浮艳怪涩、装腔作势的文风，提倡文章要明白晓畅，要言之有物，“得乎吾心”，写“胸中之言”，应“有为而作”。苏洵文论中最具独创性的，是他的“文贵自然”说。他详细阐述了所谓作家的“灵感”是如何运行的问题，既形象又生动，很有说服力。可以说，这是苏洵对中国文学批评领域的一个贡献。苏洵这种倡导风行水上的自然文风，对苏东坡影响很大。苏洵还提倡写文章不要无病呻吟，而要关切现实生活。写六国论的同题作文，“三苏”中苏洵写得最好。这篇文章在很长时间内进了语文教科书。苏洵中年之后发奋读书自学，对儿子影响也不会小。年过半百的苏洵曾带着苏轼苏辙走出西蜀，一路饱览山光水色，留下诗赋传诵，也留下雷琴绝响，父子三人水陆唱和，这对苏东坡的学问见识增长和视野开阔也是大有帮助。

封面新闻：你跟弟弟在小时候经常去三苏祠玩儿？

刘川眉：我们家曾经离三苏祠的直线距离不到100米，下午放学就去三苏祠玩。当时那里是一个大公园，是孩子们的乐园。当时我七八岁，对“三苏”不太了解，但知道是历史名人，心里有敬意。我真正开始理解“三苏”，是从20世纪80年代开始。

封面新闻：“一门三父子，都是大文豪”，“三苏”是四川眉山的骄傲。这种较为罕见的文化现象，据你分析，背后有怎样的成因？

刘川眉：我认为跟家庭文脉传承、积淀有很大关系。苏洵的父亲没读过很多书，但会写诗。只是功力不够，没流传下来。苏洵的二哥苏涣考上进士。苏洵的妻子，也就是苏轼、苏辙的母亲，是一个知书达理有文化的女性，智慧的母亲对儿子成长的影响力非常大。应苏轼兄弟请求，司马光为苏轼、苏辙的母亲作了一篇墓志铭，其中有两句是这样的——“妇人柔顺足以睦其族，智能足以齐其家，斯已贤矣”，由此可见，苏轼、苏辙有这样一位智慧母亲的教导，苏洵有这样一位贤妻的相助，对其成才也是功不可没。此外，还有一个大的因素就是眉州的文化氛围。在两宋300年间，眉州眉山县考中进士高达900多个，社会上读书氛围很浓厚，当时眉山还有一座万卷书楼。这样的文化氛围，跟“三苏”的出现有很大关系。成千上万的读书人，形成宝塔形的人才结构。雄厚的文化基底，才能最终涵养出“三苏”尤其是苏东坡这样的顶级文化人物。

（原载《封面新闻》2021年12月29日）

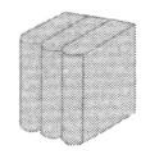

一位作家型学者的苏研之路

——记苏学专家刘川眉

袁　丁

三次写苏洵

2021年11月，《苏洵新传》由阳光出版社出版发行，这是刘川眉第三次写苏洵。千百年来，世人独爱苏东坡，刘川眉为何选择写苏洵？他说："眉山是三苏的故乡，原三苏并提，但苏轼影响最大，成就最大，研究他的人很多，研究苏洵、苏辙的人相对较少。苏洵本身就是个非常有个性、有特色的人物，他的一生足够精彩，然而人们对他的了解却不多，所以我选择了苏洵。"

2008年，为纪念苏洵诞辰1000周年，眉山市三苏文化研究院策划出版"三苏传记丛书"，邀请刘川眉写苏洵。这无疑是个难题：有关苏洵的记载，无论史书还是相关文章都叙述不多，尤其是他的童年，除了"不喜学"三字外，几乎是空白。为了还原一个真实的苏洵，刘川眉立足文本、耙梳史料，阅读

了苏洵大量的诗歌、书信和文章，以及相关的宋人笔记和史书等。他以小说家的敏锐走进人物内心；以散文家的笔法描写一代名士的悲剧；以哲学家的睿智与理性洞察人性，思考其每一次变化和成长。

《眉山苏洵——一代布衣名儒的人生素描》完成后，刘川眉仍觉意犹未尽，面对这样一个一生极富传奇色彩的人物，深觉其每一次转身、每一次成长、每一次激情和悲喜都是那样耐人寻味，那样地启人深思。于是，经过两年多的酝酿，2012年，刘川眉再写苏洵，历史人物小说《豹变——苏洵大写意》问世。

2019年12月，《眉山苏洵——一代布衣名儒的人生素描》出版十年了。因社会反响较好，原书也已售罄，加上部分读者的要求，同时刘川眉也自感该书有单独另行出版的必要，因而决定再写苏洵。他再次核对引文并且作注，力求史料准确无误；再次打磨语言，力求表达更为准确优美；再次审视人物，力求再现一个多面性的苏洵：一个落拓不羁的旅行者，特立独行的布衣鸿儒，器识晚成的散文大家，以及培养出两个天才儿子的父亲。

毫无疑问，他的几次尝试都是成功的，三部著作均受到广大读者和专业人士的肯定，佳评如潮，如：

以新时代、新学人、新艺术见解、新审美观念来做新的审视。对历史材料，是“活生生地带到当下”，而通过历史透视进入人物内心，且又以散发性思维纵论现实，精粹画面与精彩点评层出不穷。……有史笔的叙述，有小说的描绘，有散文的咏叹，有饱含哲理的诗意点评。

——四川苏轼学会名誉会长、四川大学教授张志烈老师评《眉山苏洵——一代布衣名儒的人生素描》

叙事简洁明快，张弛有度，疏落有致，文字干净俊爽，风格清新严整，很见功力。苏八娘惨死一章催人泪下。

——中国社科院文学研究所研究员、著名评论家李建军评《豹变——苏洵大写意》

除了是“万人迷”苏东坡的父亲，苏洵还是他自己。此书让我们看到了一个集顽童、落榜生、布衣大儒、求官者、父亲、丈夫于一体的苏洵。他是如何在琐碎的生活中、失败的情境中、追逐梦想的过程中追索、徘徊、反思和成长。

——“名人堂·2021年度十大好书”入围图书《苏洵新传》推荐语

从2009年出版的《眉山苏洵——一代布衣名儒的人生素描》、2012年出版的《豹变——苏洵大写意》到2021年的《苏洵新传》，刘川眉三写苏洵，不仅体现了读者群体对其作品的喜爱，更体现了他不断思考、不断创造、精益求精的态度，普及三苏文化、为苏洵正名的良苦用心。

作家型学者

刘川眉是土生土长的眉山人，从小就与“三苏”结缘颇深。他自言：

我的童年是在三苏祠里度过的。

20世纪60年代中期，我家住在眉山城下西街，离三苏祠直线距离不到一百米。进三苏祠玩，几乎成了我这个小学生每天必做的“功课”之一。

在“三苏”坐像前学大人作揖叩首，在木假山堂内观赏玩味，在洗砚池边投石戏水，在碑亭中临摹“龙飞凤舞”，在披风榭下赏荷观鱼……

那时候，“三苏”就是我的偶像。

长大后，开始读“三苏”的诗文，品味他们的人生，愈发对他们的文章道德、器识胸襟敬而仰之。同时，也为自己是他们的异代同乡而深感幸运。

或许是三苏祠灵气的滋养和“三苏”文气的熏陶，刘川眉自小酷爱读书、写字、作诗，作为一个充满诗情的文人，他的文学之路是从诗歌和散文开始的。20世纪70年代，刘川眉到了农村做知青，繁重的劳动之余，他在悉心收集的旧报纸上练习书法，抱着诗集在田间小路“神游”，内心激荡时，便在山野田间跑上几圈。恢复高考后，刘川眉顺利考入南充师范学院，之后在眉山中学担任语文老师，他组建了眉中第一个文学社团“百坡亭”，与许多爱好文学的学生构成了快乐的小天地，《星星》《小小说》等知名刊物大量刊载了他们的文学作品。进入宣传部，他先后出版了纪实散文集《历史·山川·眉山人》、诗集《刘川眉诗选》等，参与筹办《东坡文学》《百坡》等刊物并担任编辑，发现文学的“好苗子”。

一切偶然的背后往往是必然的结果。刘川眉最崇拜苏轼，视他为知识分子的偶像："苏轼奋厉有当世志，以天下为己任。""知识分子要对得起这四个字，要有责任感、使命感，不然只是一个徒有高学历的人。"2000年前后是眉山设立地区，撤区建市建设新眉山的重要节点，也是刘川眉苏研之路的重要节点。1998年刘川眉受邀参与眉山市政协"三苏文化与眉山现代化"课题研究，2003年调入眉山市政协后参与"三苏文化与中国诗书城"课题研究，两次的课题研究不仅让他收获了两次四川省社会科学界奖励，成为他走上了苏研之路的契机，也让他对如何传承和弘扬三苏文化，如何利用三苏文化建设新眉山有了新的思考。为了发掘三苏文化的精髓，刘川眉常常手不释卷，用了大量时间进行钻研，创作和编撰了许多三苏文化作品，例如《苏轼诗词文赋100篇》《清廉东坡》，系列丛书《橙黄橘绿》等；为了更好地弘扬传播东坡文化，他筹办《东坡文学》《东坡诗刊》和《眉山作家报》等，专门为青年作家提供展示平台，多次受邀到单位、学校开展东坡文化讲座；为了让东坡文化深入人心，提升眉山城市品质，他积极响应眉山市委、市政府提出的"文化立市"战略，参与东坡湿地公园、苏洵公园等的文化策划，广受好评。尤其值得一提的是，由他独立担任文化策划的苏辙公园、东坡竹园，以精巧的景观设计和浓厚的人文气息，受到百姓的青睐。多年来，他身兼数职，劲头十足，为建设眉山，传承和弘扬东坡文化辛勤耕耘，不辞劳苦。难怪张志烈老师对包括刘川眉在内的眉山文人赞不绝口：

东坡故里的文化血脉似乎在他们身上流淌。他们对“三苏”的钻研理解中饱含着对乡邦文化的继承和发扬的激情。

“孕奇蓄秀当此地，郁然千载诗书城。”从作家到学者，从苏祠邻里到苏学专家，刘川眉的变化不仅体现了他作为知识分子的责任感和使命感，也体现了眉山文人骨子里的文化自觉和担当意识。

讲师团导师

我与刘川眉熟悉起来是在加入东坡文化讲师团之后。2017年，眉山市三苏文化研究院与眉山市东坡区教育体育局合作实施“传承东坡文化骨干讲师团”项目，每期从东坡区中小学中挑选三十名优秀教师进行培训，以助力眉山东坡文化推广和普及工作。讲师团向刘川眉发出邀请，他欣然应允，担任导师。学员们对几位导师各有评价——刘小川老师犀利，刘清泉老师严肃，刘川眉老师温和，因此大家有了疑问都喜欢向刘川眉老师请教，并亲切称呼他为“大川老师”，在他的课堂上大家最敢说，气氛也最为“火爆”。

他为学员讲苏轼《黄州寒食诗帖》，当讲到“《寒食雨二首》系作者于凄风苦雨中以绝望心境吟诵的幽独苦寒之诗，而《黄州寒食诗帖》却是作者豁然省悟后以中正平和心境所作的天真烂漫之书”时，学员们对苏轼写作《寒食雨二首》的心境提出了疑问，大家从“寒食诗”说到《定风波》（莫听穿林打叶声），再到苏轼沙湖买田……一路唇枪舌剑、踊跃发言，在

讨论中对苏轼的乐观豁达及诗人创作中“秀句出寒饿，身穷诗乃亨”有了更深刻的理解。

他为学员讲苏洵，学员们又对“苏洵为何求官失败”产生了浓厚的兴趣。课堂上，大家各抒己见、畅所欲言，大川老师适时点拨补充，引导大家从苏洵的政治主张、性格特点、当时的选官制度及时代背景等方面进行思考，在轻松热烈的氛围中，大家对一代名士的人生悲剧有了更充分的思考。

2021年4月，刘老师与东坡文化讲师团第二期学员及导师，一起踏上川北“三苏”遗迹考察活动之旅，4月14日，至剑门关。李白有诗云：“蜀道难，难于上青天！”为了让学员们体验“三苏”出川之艰险，讲师团一行爬鸟道、登剑门关、走翠云廊……这样大的运动量即使对体力充沛的年轻人都是一种考验，刘老师年过六旬且膝盖不好，其中的艰辛可想而知。但途中，除爬鸟道时坐过缆车外，他全程都与学员同行，为他们答疑解惑。第二天，我提到膝盖酸痛，他向我推荐云南白药喷雾，并笑谈自己昨天一喷见效，这次游学全靠它，我听后一时唏嘘不已。

川北之行的最后一站在阆中。大家分组行动，我有幸再次与刘老师同游，深觉获益良多。状元洞中，他与大家品评崖壁石刻、东坡书法常有独到见解；游贡院，他与大家共读优秀考卷和考官点评，时时妙语连珠；参观川北道署，他对相关典故信手拈来，其博学让人钦佩不已……

醋和张飞牛肉是阆中特产，刘老师爱喝醋、吃牛肉，来阆中算是对了他的胃口。他热情地与我们分享他品醋的心得和喝醋的种种好处，说得我们心动不已，大家沿着阆中古朴的街道一家一家地品尝。在他的指导下，我竟然也品出了醋的层次感和好醋余味的醇厚。在一家百年老店，我们一行人每人买了两桶（一桶十斤）老醋，刘老师居然一口气买了四桶。晚餐时，我们大口吃张飞牛肉，大口喝阆中老醋，竟也觉得十分尽兴、畅快无比。

2021年11月28日，《苏洵新传》分享会在眉山召开，偌大的会议室座无虚席。参会的人中，有文联、作协的领导，有刘川眉相交多年的好友，受到过他鼓励和帮助的中青年文人，还有许多不请自来的文学爱好者、东坡文化爱好者、新闻媒体等。大家热烈探讨《苏洵新传》带给读者的享受、感动和启发。

此时，苏辙公园海棠艳艳，东坡竹园绿意融融……

（原载《苏轼研究》2022年第一期）

（袁丁，原眉山市三苏文化研究院创作室主任，四川苏轼研究学会理事）

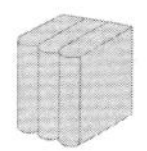

入乎其内　出乎其外

——浅议刘川眉长篇历史小说《豹变——苏洵大写意》

邱绪胜

当我一阅读到眉山学者、诗人刘川眉先生的长篇历史小说《豹变——苏洵大写意》（中国文联出版社，2012年4月第一版）时，条件反射般，就想起了林语堂先生早年创作的那部名作——《苏东坡传》。只不过前者是小说，后者是人物传记，写作出发点不一样，二者的叙述方式就会略有区别；但是，从处理历史真实和艺术真实的关系之本质而言，二者却是高度一致的。

《豹变——苏洵大写意》是有所依傍的，某些地方甚至直接受到了《苏东坡传》的影响，先请看《苏东坡传》第二章“眉山”一段：

一天，老汉正在喝酒取乐，重要消息来到了。他的二儿子，苏东坡的叔父，已赶考高中。在邻近还有一家，儿子也是同样考中。那是苏东坡的外祖母程家。因为苏程连亲，所以可以说是双喜临门。程家极为富有，算得是有财有势，早就有意大事铺张庆祝，而苏家的老汉则并无此意。知父莫如子，苏东坡的叔叔亲自派人由京中给老人家送上官家的喜报，官衣官帽，上朝用的饬板，同时还有两件东西，就是太师椅一张，精美的茶壶一个。喜信到时，老汉正在醺醺大醉，手里攥着一大块牛肉吃。他看见行李袋里露出官帽上的红扣子，一下子就明白了。但是当时酒力未消，他拿起喜报，向朋友们高声宣读，欢乐之下，把那块牛肉也扔在行李袋里，与那喜报官衣官帽装在一处。他找了一个村中的小伙子为他背行李袋，他骑着驴，往城走去。那是他一生最快乐的日子。街上的人早已听到那个考中的消息，等一看见酩酊大醉的老汉骑在驴背上，后面跟着一个小子扛着一件怪行李，都不禁大笑。程家以为这是一件令人丢脸的事……

和这一段相关的内容，在《豹变——苏洵大写意》第一章第五节里是如此叙述的：

不一会，人们见到一个醉醺醺的老头，骑一黑驴，头戴一顶拇指大小的扣帽，后面跟着一个挑着包袱的后生，摇摇晃晃地走过来。认得苏序的人高喊："苏七君来啦！"人们见到这个骑驴加挑担的怪诞组合，便是苏家报喜的阵势，都禁不住开怀大笑。人群中有老者诧异："这苏七君咋了，没把这大喜事当回事？""苏序莫是酒喝多了，天大的事当儿戏？"苏序佯装没听见，骑在驴上径直往前走，同时一左一右向人们拱手答谢。进城走到大街上，夹道看热闹的人越来越多。突然，有人拦住了苏序的驴子。此时，苏序的酒意已消退了大半，他定睛一看，原来是程文应。……程文应面带愠色说："报喜有你这么简慢的吗？就一头驴加一个挑夫，不成体统，丢人现眼！"又说，"我们程家小子程浚这次也高中了，我也跟着沾了光，程、苏两家都应好好庆祝一番。"苏序一听，不耐烦地说："程家是程家，苏家是苏家，苏家咋做，用不着你教。"边说边跨上驴，头也不回走了。程文应在街边气得跺脚："不叫话，这犟老头，简直不叫话……"

二者的题材、内容的相关性，可一目了然。在这里，我先不谈论二者的相同，只说二者叙述方式的一些相异之处。

前段引文，属于人物传记，后段引文，属于历史小说。前段是评述性的，客观，冷静；后段文字是描述性的，形象、生动，作者情感的褒或贬，很容易感受到。前段文字里对苏序放诞、洒脱性格做的是客观呈现，而后者，对苏序狂放不羁性格是极度的赞赏，演绎在情节缓缓推进的过程中。虽然，这一段文字在《豹变——苏洵大写意》中还说不上有多么精彩，比这更出色的描写在文中俯身可拾；但殊途同归，他们都趋向一个共同的向度：历史的真实和艺术的真实的有机结合。

如何有机处理历史真实和艺术真实之间的关系，也是写历史小说的作者经常遇到的一个核心问题。

张振玉先生（《苏东坡传》的译者）在《苏东坡传》"译者序"里曾经说：

写传记不比写小说，可任凭想象为驰骋，必须不背乎真实，但又不可缺少想象力的活动。写小说可说是天马行空，写传记则如驱骅骝、驾战车，纵然须绝尘驰骤，但不可使套断缰绝、车翻人杳，只剩下想象之马，奔驰于其大无垠的太空之中。所以写传记要对资料有翔实的考证，对是非善恶有透彻的看法，对资料的剪裁去取，写景叙事，气氛对白的安排上，全能表现艺术的手法。于是，姚姬传所主张的考据、义理、辞章，乃一不可缺。也就是说，传记作家，要有学者有系统的治学方法，好从事搜集所需要的资料；要有哲学家的高超智慧的人生观，以便立论时取得一个不同乎凡俗的观点；要有文学家的艺术技巧与想象力，好赋予作品艺术美与真实感，使作品超乎干枯的历史之上，而富有充沛的生命与活力。

是的，“写传记不比写小说，可任凭想象为驰骋，必须不背乎真实，但又不可缺少想象力的活动。写小说可说是天马行空，写传记则如驱骅骝、驾战车，纵然须绝尘驰骤，但不可使套断缰绝、车翻人杳，只剩下想象之马，奔驰于其大无垠的太空之中”。刘川眉先生很是把握了这段话的精髓，并且在创作实践中逐渐形成了自己独到的关于历史小说历史真实和艺术真实有机结合的创作理念和技巧。

历史小说，尤其是兼有文化名人的人物传记性的历史小说，最为忌讳的是戏说，最为忌讳的是违背历史真实的无中生有的发挥。那样的历史小说，当然从根本上说是名不副实，那样也不是在演绎历史，而是借着历史的躯壳，说着自己的梦话。那些采用插科打诨和精灵古怪等技法，把历史打扮成在都市街头卖弄风情的妓女，虽风情万种，却最为无真情和无实谊。对于这样的历史小说，哪怕热销得烫手，我们对此也很难产生深入阅读的兴趣。

有人说："历史是需要打扮的，但历史绝不是任人打扮的姑娘。"此话可谓深得历史小说写作的真谛，只不过最关键是如何把握一个度的问题。

这让我们想起了家喻户晓的长篇历史小说《三国演义》，其创作的技法和遵循的写作原则值得我们仿效。其所遵循的创作原则是七分真、三分假；就是说，在大的历史背景，主要人物事件基本真实，有据可考的基础上，为着人物形象的塑造，为着故事的精彩或者与某些不同时代的创作需求，可以适当地虚构和增添细节，最终达到艺术的真实。

如何处理历史真实和艺术真实之间的关系，也是一个聚讼已久却没有定论的问题。历史小说当然不可能等同于历史本身，这是我们讨论这个问题的一个前提。著名历史学家克罗齐说过一句名言："所有的历史都是当代史。"虽然可能引起很多人的非议，但是，这句话却很值得我们玩味。这句话大致可以如此理解："当生活的发展逐渐需要时，死历史就会复活，过去史就变成现在的。""死历史的复活"，需要以当代人的观点重新演绎。对于同一个历史事件，仁者见仁，智者见智，这也是无可非议的，只要是持有普世的立场，而不是为演绎所谓的特定而短命的政治、政策服务就行。因此，所有的历史小说创作都会受到当时的历史观以及历史观主导之下的审美观的影响。历史小说作者的历史识见、精神，它在小说中就内化为小说美学的美学风骨、审美评价标准和精神涵值，既来自历史，又指向未来。这就是历史文化核心价值观，也是历史小说生死存亡的根基。

《豹变——苏洵大写意》的书名，源自《周易·革卦》：“君子豹变，其文蔚也。”或指地位高升而显贵，或指变化之快之大。豹变也好，虎变也罢，但结果，都是其文或“蔚”或“炳”，蔚为壮观。

苏洵豹变之前，有很长的潜沉期，或者称之为创作薄发之前的厚积阶段。这归结于其父亲苏序的特殊教育方式和叵测的国事、家事对他的磨砺。少年时期酣畅淋漓的壮游，读山读水，为其胸襟的开阔，识见的积累，意味的涵泳，文章的宏大磅礴都打下了良好的基础；中年、老年科场的屡屡受挫，慈父的去世，爱女的夭折，以及世风的追腥逐臭都丰富了人生阅历和文章的曲致深邃；特别是在程夫人的引导之下，让他“安心戒躁，养心养气”，“鉴身自省，明优察劣”，这就为后来文章的“豹变”蓄足了势，张好了本。最终，水到渠成，行文自然“如流云出于大川，如江水滔滔东注于海……”其人生，也实现了从“行者”到“学者”的成功“豹变”。作为苏学研究的专家刘川眉先生，细致地把握了苏洵的心灵发展历程，真可谓“精辩玄赜，析理入微”，其创作的《豹变——苏洵大写意》“富有充沛的生命与活力”。作为诗人的刘川眉，其成就，大家已经有目共睹；不过，我在这里还要加一句，因为《豹变——苏洵大写意》，刘川眉可算得上教育的行家里手，因为，苏洵的“豹变”成为一代散文大家的范例，就是在剖析一种素质教育的活标本。

谈到这里，我们也会联想起新历史主义的一些基本观点。

陆贵山先生说："新历史主义实质上是一种与历史发生虚构、想象或隐喻联系的语言文本和文化文本的历史主义，带有明显的批判性、消解性和颠覆性等后现代主义特征，强调主体对历史的干预和改写。"

"与历史发生虚构、想象或隐喻联系"这一句话，在《豹变——苏洵大写意》第五章第十八节关于颜太初诗文议论可以得到呼应：

他的诗文，不浮不华，简约朴实，而且全都关乎当今的民间疾苦、朝政国运，与时下流行的游谈华论的文风大相径庭。苏洵想，这样的文章如同五谷和药石，于国于人，是真正可以疗饥伐病的有用之言。可惜，今天像颜太初这样的读书人太少。在朝廷科举黄旗的指向下，天下读书人普遍急功近利，担道举义者少，贵华贱实者多。文章越做越工巧，用语越来越诡怪，满篇如同开一间充满假冒伪劣的珠宝店，光彩夺目却分文不值。

在这里，刘川眉先生借苏洵对颜太初的评论，"与历史发生虚构、想象"，并古今之间建立了"隐喻联系"。刘川眉先生的诗集《刘川眉诗选》我细心拜读过，其诗风稳健、扎实，根植于传统却不囿于传统，精巧工整，前卫而不流于晦涩。作者的诗歌创作实践和在这里借古人之口的妙论，对于我们当下的现代诗的流弊，无异于下了一剂针砭时弊的良药。

刘川眉先生以广博的学识和涵养，流畅的笔触，恣意汪洋的想象，雅俗共赏的语言，入乎历史之内，又出乎历史之外，游刃有余，塑造了一系列鲜活的人物形象，再现了北宋时期的风土人情，科场上的林林总总，人情世态的冷热炎凉。

他笔下的苏洵从行者到学者的“豹变”，符合历史的真实和本质，甚至，在某种程度上看，是站在中华文化的大局和健康走向的高度来观照的，这样的历史观、真实观自然是科学的，合理的；同时，文章那些带有作者本人高度个性化的书写，那些合理的虚构和想象，也丰富了历史的细节，也在一定程度上，在更高意义上，凸显了历史的本质和艺术的真实的最佳联姻。

（邱绪胜，文学硕士，诗人、作家、文学评论家）

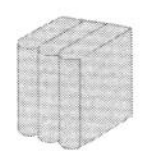

文史哲诗的艺术交融

——读《品中国神童》

黄玉成

刘川眉著《品中国神童》（上海文艺出版社），如行云流水般，交融着文、史、哲、诗四大人文元素，艺术地展现了项橐等异彩纷呈的中国古代神童群像。

文，即文旨、文思、文采。编者昭示：“本书精选十二位具有典型意义的中国古代神童，采用叙述、描写和品评的笔法，试图再现他们从神童走向成功的传奇过程，同时尝试破解他们成功的密码，让今天的我们有所启迪和借鉴。”又言，“本书文字崇精尚省，以简驭繁，融思想性、文学性、可读性于一体，适合广大青少年、家长和教育工作者阅读，不失为学校和家庭的必备图书。”读罢该书，感到此言委实不虚。窃以为，该书行文深入浅出，语言清新流畅，人物有血有肉，品评紧贴生活，大可视之为雅俗共赏、老少咸宜的精神层面的“大众食品”，以飨读者。

史，即史实、史籍、史料。写历史题材，需要史海钩沉。川眉学者气质浓重，敬畏天地，尊重历史，所以对所写的历史人物，他始终保持一种诚惶诚恐、一丝不苟的态度，“有真意、去粉饰，少做作，勿卖弄”（鲁迅语）。但看书后面洋洋乎附录的“参考文献”（实际上只是其中部分），即可窥见作家在探源历史、“吃透”人物的过程中，已经步入上穷碧落下黄泉、踏破铁鞋觅遗踪的忘我境界。作家用“史”的标准是相当严格的：一曰“信”，即选用的史料真实可靠，拒绝信口雌黄；二曰“达”，即淋漓酣畅地进行艺术演绎，拒绝食古不化；三曰“雅”，即立意高雅，格调雅致，拒绝低级趣味。作家严谨的治学精神和端正的写作态度，这在做事浮躁的当今，是尤其值得倡导的。

哲，即历史的哲理、生命的哲理、育人的哲理。作家熟读而精思，在写作过程中不断地对历史风云、人物命运、时代背景所蕴含的意义进行思辨、提炼和概括，行成于思，诉诸笔端，油然而焕发哲思的光芒。当然，这里所言的哲思不会是经院里像砖头一样坚硬的教条，而是日常生活中平凡的真理、切身的体验和鲜活的感悟。而它们，同样是人类文明的宝贵精神财富。压轴篇《且说中国神童》，古今大穿越，全球大视野，汪洋恣肆，纵横捭阖，对神童的定义、沿革及其分类，对神童与凡童之比较，对神童培育的正反教训，对神童的理性认识，卒章显其志，成龙后点睛，识与见互映，文与论兼美，是一篇发人深省的好文章。

诗，即诗的激情、诗的辞章、诗的演进。其一，书中主人公基本上都是历史上著名的诗人。如“初唐四杰”的首席诗

人王勃、北宋风流娴雅的一代词宗晏殊、明代写出千古绝唱“滚滚长江东逝水”的杨慎等。写他们，必然涉及其诗词以及有关的故事，全书因此而凸显诗的意蕴盎然、诗的光彩四溢，令读者神思飞扬，难以忘怀。其二，川眉本色是诗人，文亦如其诗，像江河奔腾，像林涛翻涌，像苍鹰翱翔，意境瑰玮而深邃，语言苍劲而跳跃……如是，诗与文融汇，文情并茂，使该书特色倍增。

综上所述，谨作结语如次：一、《品中国神童》古今通感，视野广阔，“文备众体”，意涵多元，展示了作家创作的实力；二、《品中国神童》植根沃土，以人为本，得天时地利，厚积薄发，当是日后眉山文学创作更上一层楼的好兆头。

2013年11月20日于通惠桥畔

（黄玉成，眉山市人民政府原督学，诗人，作家）

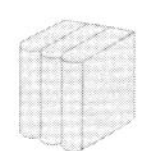

妙手天成　别开生面

——读刘川眉《苏洵新传》

孙文华

苏洵与两个儿子同列唐宋八大家；《三字经》亦写入“苏老泉，二十七，始发愤”；若再细思，他两个儿子何以成才，与其所受家庭教育又有着怎样的关系；围绕苏洵，其身上究竟发生了怎样的故事，他的一生究竟是怎样的一生……

这一系列悬疑便成了人们追索和探究的课题。“三苏”研究专家、作家、诗人刘川眉集他对苏洵数十年深入的研究，用他生动、摇曳多姿的文笔，借《苏洵新传》这本书为我们打开了一扇解读的窗口，而且解读得如此动人心魄，让人一捧读，便难以放下了。直至掩卷，还久久地浸淫在这本书中，浸淫在一代布衣鸿儒的传奇故事中。

多年前刘川眉便有《眉山苏洵——一代布衣名儒的人生素描》问世，且深受读者喜爱，如今再次修订出版，着实是在掘一口深井，让人为之叹服。

全书以五十六岁的苏洵重阳节这天应邀参加宰相韩琦的一次家宴归而赋诗《九日和韩公》作为“引子”，用饱蘸深情、扣人心弦的笔触，为我们描摹、勾勒了一幅晚年苏洵图，如同一扇重门，即将被徐徐打开，如此开头确有四两拨千斤之功。

二

为苏洵立传，刘川眉研究得深，研究得透，唯其把脉稳和准，所以能做到写人见性，入木三分，绝不虚妄。

一是探其家族渊源，究其成才本源。无论对祖父苏杲、父亲苏序、二哥苏涣等的描写，都能于不长的文字篇幅中，还原人物的本真，让人物鲜活、生动起来。譬如苏杲的受人尊崇信赖、善理财持家、乐善好施，苏序的疏达不羁、慈悲心肠、侠胆义气、因材施教，苏涣的聪明颖悟、解褐西归、观者塞途，无一不给人留下深刻印象。

二是探其游荡不学，究其骨子里的落拓不羁及其山水情怀。如第二章写他“少独不喜学”（欧阳修《故霸州文安县主簿苏君墓志铭》），整日贪玩好耍，“要么下河游泳捉鱼，用淤泥把自己涂抹成乌黑的泥人，让路过的人吓一大跳，要么爬树登山，偷摘别人家树上的橘柚，采食山中紫红熟透的桑葚”；写他最喜“玩骑竹马游戏”，写他“进了学堂如进了牢房，成天如坐针毡，魂不守舍”，可谓传神之至。又引他四十多岁所写回忆少年壮游的一首五言长诗《忆山送人》：“少年喜奇迹，落拓鞍马间。纵目视天下，爱此宇宙宽。山川看不厌，浩然遂忘还……坐定聊四顾，风色非人寰。仰面嗫云霞，垂手抚百山。临风弄襟袖，飘若风中仙。”

结合诗句，不吝笔墨，尽情展开想象、描摹，写他“在学堂念书的时候，就经常逃学，不惜走几十里地，去登城西的栖云山，坐在山坡上，观云起云涌，睹兔走鹰飞；或者去山腰的栖云寺，听和尚们诵经，看他们正儿八经地做佛事”，写他“特别喜欢一个人到县城东面岷江岸边的蟆颐山游玩，到那里仰望一棵棵高大的美楠翠柏，入重瞳观跟着大人们膜拜神奇的四目仙翁，顺便也尝一口清冽醇香的老人泉水”，写他“足迹踏遍家乡的三山五岭之后，他的目光已在眺望更远更高的所在，游了青城山和峨眉山”，把“苏洵天性喜欢搜奇猎异，常常把眼光投向头顶的天空和脚下的大地，喜欢骑马四处游历，尤其偏爱名山大川”的神韵淋漓尽致地表现了出来。而且，刘川眉指出：

苏洵从小就亲近大自然，眷念大自然，阅读大自然，得山水之精妙，汲天地之灵蕴，他后来的文章写得雄壮峻伟，人格砥砺得卓尔不群，与此息息相关。

对此，笔者深以为然。

不唯此，第三章写他十八岁参加眉州进士科考试落第又废学游山玩水去了，直至二十五岁那年，才有所醒悟。第四章写他二十九岁进京参加省试、制科考试均告失败后千里壮游，作家将苏洵有关诗句信手拈来，并进一步竭尽想象之能事，写苏洵纵情山水以遣怀，可谓把苏洵的落拓不羁及山水情怀给写透了。

三是探其作为父亲，究其对两个儿子的希冀及其所作贡献。第六章写苏洵壮游途中回家奔丧，始担当起教子读书的重任，先写苏洵把苏家后院自己的书斋“南轩”更名为“来凤轩”，兼作两个孩子的课堂，继而又写他教子读书，具有很强的针对性和鲜明的特色，又写两个孩子入学之初，给他们正式取了名和字，并作《名二子说》，最后还写到他与程夫人对孩子的教育各有侧重。看似信手拈来，却写得颇具声色，无不处处显露着作家的独运匠心，有着尺幅千里之功。

四是探其作为鸿儒，究其终有所成。第五章“反思与转身”写他参加了大小四次科举考试，每次都以失败告终。眼看就要进入不惑之年，他开始痛苦地反思。作家先写他一气之下把以前写的几百篇文章给一把火全烧了，然后从书柜中重新取出《论语》《孟子》《六经》以及诸子百家、韩愈等人的文章，堆在书桌上，每天夜以继日地攻读，再写他文思泉涌，下笔如有神助，写成代表作《几策》《权书》《衡书》《六经论》《洪范论》《史论》等。又写他与张俞等鸿儒名士交往畅谈，幅巾田服走进张方平官邸，到雅州访雷简夫，并怀揣二人的举荐信，第三次闯汴京，做自己的推销员，终与二子名动朝野。最后写他屈就九品小官，编撰礼书与撰写《易传》，身染沉疴，与世长辞，前往吊唁哀挽的官员、名人络绎不绝。真可谓庖丁解牛，游刃有余。又于传记末了，辟专章写其散文成就，思想精髓，肯定其在中国文学史上不可替代的地位，及其笑傲千古的杰作。真是游刃有余，跌宕多姿。

五是探其作为丈夫、父亲，究其对妻子、女儿的负疚与深情。写程夫人的温良贤惠、谦恭识礼、勤俭持家、相夫教子、忍辱负重；写苏洵对夫人的中道而逝万分悲恸、遗恨不已，援引其《祭亡妻文》，又择风水宝地“老人泉”旁葬其妻，还凿了两个墓穴，以待他日自己死后与妻子同葬一处。写他对心肝八娘的冤死悲愤至极，召集苏姓家族男女老幼，当众严厉谴责程浚薄行，并与程家断绝往来，晚年又写《自尤》一诗，写出其失女之痛，自怨之深，同时也揭示出苏洵愤激刚烈、疾恶如仇的性格特点。

二

《苏洵新传》一书，善于合理虚构，曲尽其妙。如写程夫人如何嫁与苏洵，刘川眉这么写道：

记得少女时，有一天苏洵跟着他父亲到程家做客，顺便讲起他在外游历的所见所闻，并发表自己的看法。她印象最深的，是苏洵近乎人生宣言的一句话：做人的第一件大事，就是要走南闯北看世界，扩展生活天地，要不然就成井底之蛙了。当时，在场的人都听得目瞪口呆，不是说“父母在，不远游”吗？这孩子把孔夫子的话当一碗宽面吃了。但她觉得，这苏家小伙子有头脑、有激情，是个想干大事成大业的人，虽说读书还不上劲，但毕竟年轻聪明，后来居上也未可知。

那时，她已朦朦胧胧对苏洵产生了好感。

不料几年后，命运果真让她嫁给了苏洵。父母征求她的意见时，她毫不犹豫就点头答应了。

这样巧妙的文字，我以为很有可能是虚构的，因为史书上不一定真有这样的记载，但又让人感觉完全是真实的。这便是巧妙虚构的魅力，也是刘川眉的匠心独运。

《苏洵新传》一书，行文自然，如行云流水。一如苏洵写作主张“风水相激，自然成文”，绝不矫揉造作，故弄玄虚，因而好读。不唯好读，且耐品，耐读。

三

《苏洵新传》一书，有很强的现实意义，能以古鉴今。“知子莫若父”，对于苏洵少年时代喜游荡，不喜学，苏序是“纵而不问”，“心中自有一杆秤”，“循其天性，顺其发展”，刘川眉这样写道：

苏序这样的父亲，在今天可不大好找。当今的父母似乎个个都望子成龙，甚至逼子成龙。孩子们在学校成了考试机器仍嫌不够，还要强迫他们牺牲课余去学各种各样的所谓特长，唯恐他们去接触大自然，去看世界，去满足他们好玩好奇的天性。

九百多年前，苏家的孩子们，就有了这样顺天意、近人情的父亲，真算得上是幸运了。

把笔触伸向当下的家庭教育，真是振聋发聩，令人三思。

总之，《苏洵新传》是苏洵研究不可多得的成果，填补了苏洵研究的不足，颇值得一读。

2022年1月22日

（孙文华，诗人、作家，四川省作家协会会员，眉山市作家协会副主席兼秘书长）

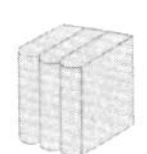

江乡风物总关情（代后记）

家乡眉山，古代曾设置眉州，州县共一城，南宋时赢得一个别称雅号——“江乡”。

“江乡”一词原本指多江河的地方，通常指江南水乡。

除自然地理因素外，“江乡”一词还有人文方面的意蕴，即指山水自然和人文习俗和谐共生的独特的乡土风情。

眉山也是一个江河纵横之地，与长江一脉相通的岷江，流经眉山地域近一百公里，滋润出两岸一大片膏腴之地，眉山中心城区就位于岷江中游的西岸。

“江乡”一词赋名眉山，最早出自乡贤苏轼《眉州远景楼记》中的一句话：“大家显人，以门族相上，推次甲乙，皆有定评，谓之江乡。”意思是，（眉山的）大家族和显贵之人，是以文章来推重门第、比较优劣的，都有一定的品评标准，当地人称之为“江乡”。

南宋眉州知州魏了翁，曾在眉山蟆颐山下的玻璃江畔筑有一座水驿，他用苏轼的“江乡”一词，命名曰“江乡馆”。久而久之，“江乡”之名不胫而走，渐成眉山的代名词。南宋眉山人张伯虞撰写眉山志，直接冠名《江乡志》。

自此，“江乡”便成了眉山的一个别称雅号，意为人文荟萃的诗意水乡。

我是土生土长的江乡眉山人，父亲祖籍张坎镇，母亲祖籍永寿镇，过去都是岷江岸边的繁华码头。我八岁时进入眉山城，也是居住在岷江岸边。“江乡”一词，对喝岷江水长大的我来说，格外亲切。

这本集子名曰《江乡书》，便是本源于此。

孩提时候的眉山城，九街十八巷，面积不足十平方公里，一年四季温润而静谧。春闻鸟语花香，夏听雨打碧荷，秋观西风落叶，冬赏瑞雪纷飞。季节流转，寒暑荣枯，分明且本真。

而今天的眉山主城区，面积已扩展到六十多平方公里，街巷多达五百余条。大街小巷跑的全是汽车、电瓶车，甚至连人行道也被挤占。

曾几何时，江乡眉山已不可复识……

早就想回望昨天，编撰一本记述家乡人和事的文集，试图用文字来留住乡愁，但因忙于琐事而搁置。退休赋闲后，终于可以了此夙愿。

古往今来，家乡可写的人和事很多。但限于素材和篇幅，只能选择有史实可依、有故事可讲，且有一定教益者。

本书涉及的人和事，均为真人真事。主要当事者还健在的，文章均经由本人审核。鉴于行文需要，个别地方有细节等方面的艺术化处理。

作为一个生于斯长于斯的眉山人，六十多年的江乡生活，家乡的一山一水、一草一木，都让我入目入耳，系于心而关乎情。

清代女诗人方芳佩在《三衢道中》一诗中有“初到三衢问水程，江乡风物总关情”两句，不妨借用后一句作为本文标题，窃以为自然而妥帖。

末了，对为本书作序的弟弟刘小川，设计封面的女婿申炜，排版装帧的李素萍女士，谨表谢忱！

对为本书写作提供素材和帮助的亲人、同学和朋友，一并致谢于后——

周曦鸣、王秀华、刘晚照、刘寅、蒋佳忆、山志忠、张志强、潘庆宏、赵汉儒、赵井云、徐丽、刘良勇、干尧鳖、徐茂晖、徐文钦、万仁红、赵晓忠、胡正清、孙文华、龚莹莹、张民、张中、何可、冷卫强、黄廷刚、张艳梅、刘劼、曹亚海、肖健、刘茂林、罗青峰、王敏、赵炳乐、何志平、丁志勇。

刘川眉

2024年12月30日于眉山